ドタバタかいご備忘録

馬場のぶえ

はじめに

こんにちは！　広島テレビアナウンサーの馬場のぶえです。
広島で月曜から金曜に放送している夕方ワイド番組「テレビ派」に出演しています。15歳、12歳、8歳の3人の子どもがいる〝ママウンサー〟です。

私は、子どもの頃からアナウンサーになるのが夢でした。きっかけは、小学校の国語の授業。音読で先生や友達に褒められ、「私はこういうのが得意なのかな」と、漠然と思ったのが始まりでした。

そんな夢を後押ししてくれたのは、母

の言葉です。

私が「大きくなったらアナウンサーになりたい」と口にする度に、母はいつも「あなたならなれる！」と言ってくれました。

今考えると何の根拠もないのですが（笑）、その魔法の言葉を真に受けた結果、今も好きな仕事ができています。

母は3年半前、68歳でこの世を去りました。

49歳でパーキンソン病を発症。その7年後、故郷・福井から広島に呼び寄せ、3年間の同居の後、介護施設を転々としました。

最後の5年間は認知症対応のグループホームに入居していました。

私は母が亡くなった後、広島テレビのホームページ上で「ドタバタかいご備忘録」の連載を始めました。母を介護した体験談です。

「のぶえのドタバタいくじにっき」という子育てブログの中で、不定期に綴ったものでしたが、「同じように親の介護をしている妻が、泣きながら読んでいます」「介護の経験はないですが、涙、涙です」など、多くの反響を頂きました。そんな声に励まされ、書き続けた結果、連載は60回を超えました。

母は生前、「体が不自由になって、たくさんの人の助けをお借りした分、もし病気が治ったら、何か人のためになることをしたい」と話していました。

この備忘録が、誰かの介護の悩みや不安を軽くできるのなら、母はきっと、より多くの人に読んでほしいと思うはず……。そんな考えから、この度、書籍化に至りました。

この本には、ブログに入らなかったエピソードも書き加えています。また、各章の終わりには、両親にまつわるこぼれ話も載せました。シリアスな中にも、クスッと笑ったり、ほっこりしてもらえたらうれしいです。

12年の〝ドタバタかいご〟で感じた喜怒哀楽を正直に書きました。広島の視聴者の方にとっては、テレビの私のイメージとは違う部分もあるかも（照）。

ご一読くださいませ。

2020年3月吉日

馬場のぶえ

大学入学の際、東京に同行してくれた母（当時45歳）

"ドタバタ"かいご備忘録

第3章 施設介護への迷い

第4章 老人ホームでの介護

第5章 精神症状

第6章 治療の選択

第7章 認知症

「ドタバタかいご備忘録」はじめます!!

母が他界して5カ月。

この度、このブログの中で、母の介護経験を綴る備忘録を始めることにしました。

母は20年間、パーキンソン病を患っていました。介護が必要になって広島に呼び寄せたのは12年前。後に認知症も併発し、3年の自宅介護を経て、様々な介護施設にお世話になりました。

これまで、講演会などでは話すことがあったのですが、テレビやブログで詳しく触れるのはなんとなく気が引けていました。病気とはいえ本来の母ではない母の姿を公表するのは、本人が傷つくのではないかと思ったし、私自身、平常心で母のことを話せる自信がなかったのかもしれません。

実際に、講演会では涙が止まらなくなっちゃって、お客さんにハンカチを差し出されたこともあったっけ……。


そんな私が、なぜ備忘録を残そうと思ったか。

それは、先日頂いた、まちづくりに関する講演の依頼がきっかけでした。

「自分の経験を元に、広島の街の長所、短所を話してほしい」というリクエストから、子育てはもちろん、それ以上に、母の介護を通して感じたことがあまりにも多いのに改めて気づかされました。

母が病気で苦しみながら身をもって教えてくれたことを、忘れてはいけない、忘れたくない！


千の風になった母に感謝を込めて、不定期ではありますが連載したいと思います。

その名も「ドタバタかいご備忘録」。

今現在、介護で悩んでいる人はもちろん、将来、家族に介護が必要になったら……と不安を感じている人にも参考になれば幸いです。

若かりし頃の母と私

第1章 パーキンソン病の発症

母という人

ドタバタかいご備忘録、いよいよ今日からスタートです。
まずは、本来の元気な頃の母を知っていただくためにも、基本情報から。

昭和23年6月29日、兄3人と姉1人、5人きょうだいの末っ子として生まれた母は、蝶よ花よと育てられ、末っ子らしく天真爛漫な子どもでした。体も大きく、何かと目立つタイプだったようで、発表会で主役を演じたり、ラジオで歌を披露したりしたこともあったそうです。

5歳年上だった父とはお見合い結婚。正直、見た目はタイプではなかったけれど、ニコニコとほほ笑む父を見て、「将来、縁側でお茶を飲みながら笑い合っているかも」と感じたんだとか。

２人の娘（姉と私）を産んだ後は、家でできる仕事を！　と、化粧品店を開店。話し好きだったので、お客さんと楽しそうにおしゃべりしながらメイクアップしていたのを覚えています。また、きものの着付けを勉強し、よく家の柱に帯を巻きつけて結び方の練習をしていました。

家事と仕事がありながら新たなことに挑戦している姿を見て、子どもながらに努力家だな～と思ったものです。私の成人式には、母が着付けとメイクをしてくれました。

お茶目な人でもありました。家族でカラオケに行くと、いつも前に出て、おどけて踊って見せて、当時思春期真っ只中でノリの悪かった姉と私も、こらえきれずに笑ってしまうほどでした。

一方で、うっかり者と言いますか、ちょっと頼りなかったのも事実。小さい頃アレルギーのあった私を、毎日、隣町の耳鼻科へ連れて行ってくれたのですが、道の真ん中でガス欠になり立ち往生したのが、いまだに忘れられません。1人では電車の乗り方も分からない、なんて言っていた気もする……。

そんな母にパーキンソン病の症状が現れたのは、今から20年前。48歳の時でした。

母のお気に入りの写真。親子で出たファッションショー。手前から姉、母、私

発病

20年前、私の父は末期の大腸がんで、闘病生活を送っていました。

当時、姉は横浜で就職し、大学4年生だった私も東京に住んでいたので、故郷の福井では、母が1人で父の看病をしていました。

こうと決めたら一途に突き進む母。医師に匙《さじ》を投げられても、「私が絶対治療法を見つけて治すんだ」と断食、自然食品、酵素など、ありとあらゆることに四六時中取り組んでいました。

ふくよかな母が、この時ばかりは1年で10キロ以上体重が落ちたほど、それは全身全霊の看護でした。

あの頃、私が福井にいて、心労をもっと分かち合えていたら、母は病気にならなかったのかなと、今でも考えてしまいます。

そして、父が亡くなる数カ月前のこと。

帰省していた私は、父の入院する病室で母と並んで座っていました。その時、私は、母のある〝しぐさ〟に気がつきました。膝に置かれた左手の中指が、小刻みに震えているのです。それは、膝の上で規則正しくカウントするかのような動きでした。

「指が動いてるよ」と注意すると、「最近、気が付くと勝手に動いてるんや」と言います。

手を膝から離して何かをしようとすると治まるのに、じっとしていると、無意識に震えだす指。

今思えば、それはパーキンソン病の典型的な初期症状でした。

発病する1年ほど前、母48歳ごろ。父にとっては最後の家族旅行

パーキンソン病とは

パーキンソン病は脳の病気です。

日本では難病に指定され、１０００人あたりに1人、全国で約15万人の患者がいるといわれています。

ボクシング元世界チャンピオンのモハメド・アリさんや、放送作家だった永六輔さんが患ったことでも知られていますよね。

ものすごく簡単に説明すると……

人は体を動かす時、脳から筋肉へ指令を出しますが、パーキンソン病になると、その指令に必要なドーパミンという物質が少なくなります。そのため、筋肉がこわばる、動きが乏しくなる、手足が震える、姿勢が不安定になるなどの症状が出て、進行すると介助なしでは日常生活ができず、寝たきりになることもあります。精神症状や自律神経の障害もあり、母の場合は、うつ、よだれ、幻覚、声が出にくい、極度の便秘、頻尿、睡眠障害などに悩まされました。

また、認知症になりやすいとも言われ、母もパーキンソン病発症から10年ほどで併発しました。


治療は、ドーパミンを飲み薬で補うのが一般的ですが、長く服用すると効果が出るのに時間がかかったり、効いている時間が短くなったり、効きすぎて手足がくねくね動いたりと、様々な副作用が出てきます。

さらに、薬が効いている時と効いていない時の差が激しくなり、病気とは分からないくらい動けたかと思えば、急にスイッチが切れたように動けなくなり、日によっては薬をいくら飲んでも効かないこともあります。

薬が切れることに怯えながら生活していたような時期もありました。

告知

パーキンソン病の原因である、脳内のドーパミン減少がなぜ起こるかは分かっていません。それでも、母の病気の引き金はやはり大きなストレスが重なったことにあるのではないでしょうか。

夫の大病という心労、長い看病疲れ、そして喪失感……。

私が広島テレビに入社した４日後、父は53歳でこの世を去りました。

私は母に、広島に来て一緒に生活してはどうかと提案しました。落ち込んでいる母を心配したのと、私自身、父が亡くなった寂しさと、広島での新生活に心細さを感じていたからです。

しかし、母は店を続けたいと、福井の自宅に残りました。母にとっては、49

歳で生まれて初めての一人暮らしが始まりました。

　それから3カ月ほどたったある日、母から、いつもとは明らかに違う動揺した声で電話がかかってきました。

「手があんまり震えるから、今日、病院に行ったんやけど……。お母さん、パーキンソン病っていう病気なんやって。寝たきりになってしまうかもしれんって。変な病気になってしまって……どうしよう……」

　その聞きなれない病名と『寝たきり』という言葉に不安を感じながらも、「絶対に寝たきりになるわけじゃないんやろ？　大丈夫。私も、病気の事調べてみるから。いざとなったら、こっちに来て一緒に住めばいいんやで」、とりあえずそんなようなことを言って、電話を切ったような気がします。

母にとっては、夫との死別という深い悲しみをこれから乗り越えようという矢先のパーキンソン病の告知でした。

入社1年目の夏、母が広島に遊びに来た時の一枚。「広島に骨を埋めるつもりでがんばる」という私に、「お母さん、ずっと１人になってしまう……」と泣かれました

無知

　母がパーキンソン病と聞かされて以降、私は毎日のように横浜に住む姉と電話をしました。

　それぞれが病気について調べ、母に介護が必要になるのはいつ頃で、その時はどうすべきかなどを話し合いました。そして、母が1人で生活ができる間は密に連絡を取りながらサポートし、いずれはどちらかの家に母を呼び寄せようと決めたのでした。

　それにしても、パーキンソン病だと分かるまで、私は無知をいいことに、母に随分と無理を言ってしまいました。

　例えば、指の震えも、貧乏ゆすりの一種と思い、「止めないと癖になるよ」

とよく注意していたし、母娘２人水入らずで北海道旅行に行った際も、バスの時間に遅れそうなのにゆっくり歩いている母にイライラしてしまいました。

今思えば、あの頃の母は元気に見えて、少しずつ体が動かしにくくなっていたのでしょう。

母（当時50歳）と２人で初めての北海道旅行（1998年9月）

母の病状は、ゆっくりと進行していきました。

左手の中指から始まった震えも、左手全体に及び、右手、両足。数年後には、あご、まぶたまで広がっていきました。

帰郷する度に、母の病状が悪くなっているのが分かり、不安な気持ちになったのを覚えています。

親心

発病から5年、母はついに1人で生活ができなくなりました。

そんな母が最初に頼ったのは、私たち娘ではなく、生まれ育った実家でした。母の兄夫婦が住んでいて、日に何度か動けなくなる母をトイレに連れて行くなど、随分助けてもらっていました。

私も横浜に住む姉も、親戚に迷惑をかけているのが心苦しく、どちらかのところへ来て一緒に生活してほしいと母に頼みましたが「娘に迷惑をかけたくない」の一点張り。なかなか首を縦に振ってくれませんでした。

頑《かたく》なだった母の心が動いたのは、それから1年後。

4歳と2歳の子育て中だった姉が仕事に復帰することになり、孫の世話や家事のサポートができればと、姉家族と横浜での生活を選んだのです。病気になっても、できる限り娘の役に立ちたいと思う親心からでした。

姉は、まず横浜でも母が適切な治療を受けられるように、パーキンソン病の医師探しを開始。そして、その医師から、介護保険サービスの利用を勧められます。

それが、母がその後14年近くお世話になることになる「介護保険」との出会いでした。

初孫（私の甥）を抱っこする母
（2001年1月）

ドタバタcolumn 01

父のこと

父（馬場省二）は、金型、プラスチック、機械の設計士でした。

子供の頃、父が務める会社をのぞくと、グレーの作業服を着て製図台に向かっていたのを思い出します。

設計士らしく（?）几帳面で、字もそのままフォントになりそうなくらいきれいでした。また、おもちゃや簡単な機器なら、なんでも直してしまう職人。切れたカセットテープをよく直してもらったし、延長コードなども自分で作っていました。

子どもに勉強を教えるのも父の役目。

算数が苦手だった姉は、父に根気強く教えてもらったおかげで克服し、小学校の先生を目指すきっかけになったそうです。

さらに、父が大好きだったのが野球。

運動が苦手だったのでもっぱら観戦派でしたが、高校野球のシーズンは、毎年優勝チームを予想して、一日中テレビの前で釘付けになっていました。

プロ野球は、テレビでセリーグを見ながら、同時にラジオでパリーグを聞いていたことも。

「どっちかにして！」と家族に責められていたっけ。

私が広島テレビに就職することが決まり、広島市民球場に行くのを楽しみにしていましたが、私が入社した4日後、
大腸がんでこの世を去りました。

５３歳でした。

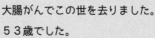

ドタバタかいご備忘録

第2章 自宅での介護

介護保険

皆さんは、家族に介護が必要になり、介護保険サービスを利用したい時（介護を手伝ってほしい、介護施設を利用したい、介護用品が必要など）、どこに相談すればいいかご存知ですか？

正解は、市区町村の窓口か地域包括支援センターです。私は、母の介護に直面するまで知りませんでした。

地域包括支援センターは、あまり聞きなれないかもしれませんが、高齢者に関するよろず相談ができるところで、一中学校区に一つは設置されています。

ここで介護保険の申請をし、どの程度の介護が必要な状態かを判定する「要介護認定」（要支援1、2、要介護1〜5）を受けなければいけません。介護が必要と認められれば、65歳以上なら誰でも、そして40〜64歳では老化が原因とされる特定の病気の場合、支給限度額内であれば、1割（所得によって2〜3割）の自己負担でサービスが受けられます（2020年2月時点）。その後、ケアマネージャーと呼ばれる介護保険の専門家によって、どんなサービスをどれくらい利用するかを決定し、開始となります。

横浜で初めて申請を行った母は、要介護2と認定されました。介護用のベッドを借りたり、ホームヘルパーさんが週に数回、決まった時間に姉の家に来て、移動や着替えなど身の回りのことを手伝ってくれたりしました。

しかし、母の場合、体が動かなくなる時間がまちまちなので、介護が必要な時とヘルパーさんが来るタイミングが合わないという難しさがありました。また、最も介護が必要となる夜は家族だけになるので、フルタイムで働く姉にとって、夜中に何度もトイレへ連れて行く疲労は相当なものでした。

そんな頃、私が1人目を出産し育児休暇に入りました。自宅にいる時間の長い私の方が、母を介護しやすいのではないか……。2004年12月、ついに、母を広島に呼び寄せることになったのです。

横浜にいた頃の母（2004年7月）。里帰り出産の代わりに、母のいる横浜で出産した私の退院の日。母は病気が進み、表情が硬くなり、手も硬直気味です

母を迎える準備

母が広島に来ることが決まってから迎えるまでの間、私は二つのことに取り掛かりました。

一つ目は、母が広島でお世話になることになる、主治医探し。なんの当てもなかった私は、広島のパーキンソン病友の会、いわゆる患者の会を頼りました。友の会が開いていた相談会に赴き、病状や希望などを聞いてもらい、母に合った医師を紹介してもらいました。

二つ目は、ケアマネージャー探しです。母の場合、横浜で要介護2の認定は受けていましたが、広島で介護保険のサービスを利用するとなると、改めて広島でケアマネージャーを決めなければなりません。ケアマネージャーは、要介護認定を受けた人に対し適切なサービスを選んだり、その計画がうまく進んでいるかをチェックしたりと、介護を受ける本人、家族と深く関わります。

　それだけに相性も大切なのですが、自治体でもらうリストだけでは、具体的にどの施設にどんな方がいるのか分かりません。

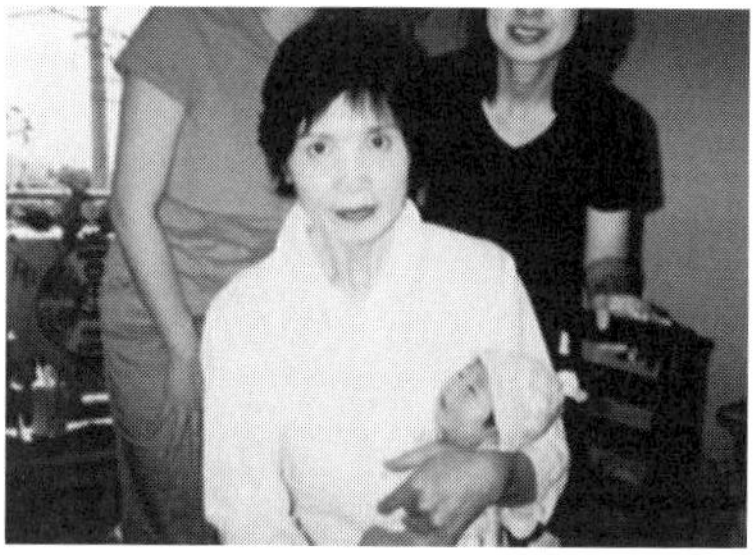
私の長女（生後1カ月未満）を抱っこする母

　困った私は、近所に「介護ヘルパー」と大きく書かれたビルを見つけ、ここにいる人に聞けば何か分かるかもしれないと飛び込みました。ちなみにそこは、ケアマネージャーのいる事業所ではなく、ホームヘルパーを派遣する会社だったのですが、ありがたいことに「この辺りのケアマネージャーには詳しいので、相談にのりますよ」と応じてくださったのでした。

こうして無事にケアマネージャーが決まり、介護保険を利用して介護用ベッドも準備。

あとは、母を待つだけとなったのです。

ついに広島へ

２００４年12月、母がついに広島にやってきました。

これでようやく、親孝行ができる……。私はやる気に満ち溢れていました。

母の部屋は、トイレに一番近い、私の寝室の向かい側にしました。夜中にトイレに行きたくなって呼ばれても、すぐ連れて行けるようにです。

また、日中は母と外出することを心がけました。

横浜では「急に薬の効果が切れて動けなくなるのが怖い」と言って家に閉じこもっていた母に、外出に慣れ、前向きに生活してほしかったからです。

特に足を運んだのは、パーキンソン病友の会の集まりでした。

パーキンソン病友の会 コーラスクラブで歌う母

同じ病気でも明るく生きる方がたくさんいらっしゃることを知ってほしい、そして、私の育休が終わっても母が一人寂しくならないように、友だちを作ってほしいとの思いからでした。娘を抱っこ紐で抱きながら、いつも母と一緒に友の会のコーラスクラブなどに参加していました。

あの頃の私は、母に広島に来たことを後悔させたくないと必死だったのです。

介護の始まり

当時、母は日に数回、薬の効果が切れて動けなくなりました。急にスイッチが切れたように体がこわばり、立ち上がることや歩行などが自力でできなくなります。

さらに一番大変なのが、薬が切れる度に現れる、うつ症状。

「このまま薬が効かず、死んでしまう！」と思い込んでしまうので、薬が効くまで横になってゆっくり待つということができません。その時間はいつやってくるか分からないし、薬も服用時間が決まっているので、動けなくなったからといってすぐに次の薬が飲めるとは限りません。

再び体が動き出すまで1時間以上かかることもあり、母にとっては体が動かない苦しさと、死の恐怖に耐える時間、私にとっては、そんな母の体をさすり、なだめ続ける時間になります。

同居を始めた最初の頃、母は私にできるだけ迷惑をかけたくないとがんばり、私は母の望むことに100パーセント応えたいとがんばっていました。しかし、1カ月もすれば、お互いに遠慮がなくなっていくものです。母は、薬が切れると頻繁に私を呼ぶようになり、薬が効くまでずっと傍にいてほしいと言うようになりました。

一方で私は、家事や育児もあるのだから付きっきりにはなれない、できるだけ我慢してほしいと思うようになりました。

徐々に募っていく不満。

互いに、感謝の言葉より、愚痴が増えていきました。悪化していく母娘の関係……。

そして、そんなひずみに拍車をかけたのが、夜中の介護でした。

夜中の介護

母は決まって、夜中に３、４回トイレに行きたくなりました。しかし、夜中は薬が飲めず、最も体が動かない時間。そのため、トイレの度に介助が必要になります。

母はトイレに行きたくなると、向かいの部屋で寝ている私を呼びました。

私は目を覚まし、母の部屋へ。ベッドの上で固い人形のように動けなくなっている母を起こし、向かい合う形で母の両手を持ち、倒れないよう気をつけながらトイレまで連れて行きます。トイレに着くと、手すりに掴まってもらっている間にズボンを下げ、便座に座らせ、姿勢を正します。

これで用を足して一件落着、といけばいいのですが、実は大変なのはここからでした。

母は、パーキンソン病の症状の一つ、極度の便秘でした。夜中にトイレに行くと必ず便意をもよおし、一方でなかなか便が出ず、そのままトイレに1時間近くこもることもしょっちゅうでした。その間、私はずっとトイレの傍で母を待つことになります。

というのも、母は姿勢を自分で保つことができず、10分くらいすると便座の上で体が『くの字』に曲がり、便座からずり落ちそうになってしまいます。

そのため、私が母の体を起こしたり、座り直させたりしなければなりません。

また、夜中のうつ症状は特に激しく、「このまま便が出ず、腸が詰まって死んでしまう」と思いこんでしまうため、「大丈夫だよ」となだめたり、時には便が出るようお腹をさすったりが必要になるのです。

それでも便が出ることはあまりなく、母が「もうやめる」とあきらめた時が終わりのタイミング。母を便座から立たせ、手すりに掴まってもらい、手が動かない母に代わってお尻を拭き、ズボンを上げて、また両手を支えてベッドに連れて行き、横になってもらいます。

これでようやく、私は自分のベッドに戻ることができるのですが、また1、2時間ほどすると私を呼ぶ声が聞こえるのでした。

閉塞感

先日（2017年4月）、世界的なアーティスト、オノ・ヨーコさんが、レビー小体型認知症であるという報道がありました。よく知られるアルツハイマー型と違い、幻視（実際にはないものが見える）や幻聴（聴こえるはずのない音が聴こえる）が特徴的な症状です。

私の母は、パーキンソン病の発症から12年ほどで、認知症を発症しました。「パーキンソン病に伴う認知症」という診断でしたが、レビー小体型に似た症状が多く、幻視、幻聴、妄想が強く出ました。

「たった今、家の中に泥棒が入ってきた」

「車の後部座席に人が挟まっている」

「盗聴器が仕掛けられている」……。

母だけが見えているものにどう対応したらいいのか、悩んだ日々が、オノ・ヨーコさんの報道でよみがえりました。

いずれまた、書きたいと思います。

母が広島に来て2カ月。

毎晩3、4回のトイレ介助に加え、1歳に満たない娘の夜中の授乳もあった私は、眠れない日々にストレスを感じ始めていました。

母に呼ばれたら、また何十分も寝られない。酷いうつ症状に付き合わなければならない。そんな恐怖が強くなり、いつの間にか母に笑顔で接することができなくなっていました。

恥ずかしい話ですが、母の前であからさまにため息をついたり、介助自体に丁寧さを欠いたりと、イライラした態度をとるようになりました。

さらに、「何回呼べば気が済むわけ？」「私まで病気にする気？」などと嫌味を口にし「便が出ないくらいで死ぬわけないでしょ！」と声を荒げることも増えていきました。

広島に来てくれと頼んだのは自分なのに、本当に酷い娘ですよね。

一方の母も、「親不孝者！」「そんな冷たい娘、あんたくらいやわ！」などと感情を露わにし、私と母の関係は日に日に悪くなっていきました。育児休暇中だったこともあり、日中もいつ動けなくなるか分からない母から片時も離れられず、私は24時間、逃げ場のない閉塞感に陥っていきました。

そんなある日、マンションの14階に住んでいた私は、ふとベランダに目をやりました。

「ここから飛び降りたら、この日々から抜け出せるのかな」

そんなことを考えるなんて、今となってはどうかしていますが、あの時の私は、ただただ、先の見えない苦しいループから逃げ出したかったのです。

介護はきれいごとではない

「ここから飛び降りたら、この日々から抜け出せるのかな」

それは決して、死にたかったわけではなく、ただ、今の状況から抜け出したいという思いでした。

そんな私を我に返らせたのは、7カ月の娘でした。

私の気持ちを知ってか知らでか、ニコニコ笑いかけてきます。私は娘を抱きしめて泣きました。そしてこの時、介護はきれいごとではないと知ったのでした。

それまでは、介護疲れによる自殺や、殺人のニュースを見ると、気の毒な思いの一方で、それでも命まで落とすなんて……と、どこかで考えていました。しかし、自分が当事者になって初めて、「こういうことだったんだ」と分かったような気がしたのです。

今思えば、私がここまで追い込まれた理由の一つは、当時、介護の相談ができる相手がいなかったことかもしれません。

自分と同じように親の介護をしている人と話したい、介護のしんどさから親に優しくできない自己嫌悪を分かってほしい、夜中の介護はどうしているのか聞いてみたい、と切実に思っていました。

子育て中のお母さんが集まる場は多いのに、介護者が交流できる場はほとんどないことが残念でした。

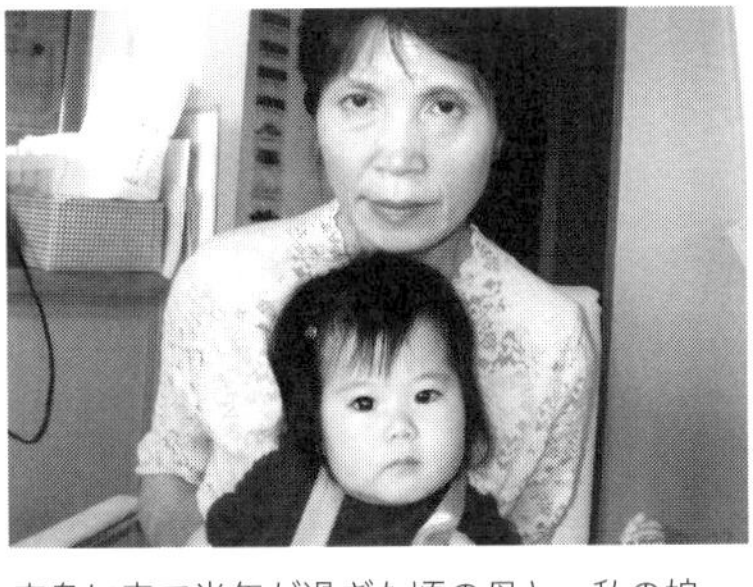
広島に来て半年が過ぎた頃の母と、私の娘

仕事復帰

そんな我が家の転機は、私の仕事復帰でした。

仕事に差し支えてはならないと、母自身が夜中に私を呼ぶ回数を減らしてくれたのです。それまでは嫌がっていた夜のオムツを着けることで、トイレの回数を減らし、ベッドの横に簡易トイレを設置して、自力でトイレに行く努力も始めました。それでも、少なくとも深夜に1回と明け方に1回は介助が必要でしたが、起きる回数は半減しました。

また、私の疲弊ぶりを見かねて、夫も母をベッドから起こしたり、トイレに連れて行ったりと、介護に協力してくれました。

さらに、一番大きかったのは、母と離れる時間ができたこと。仕事をしている時間は、介護のことを忘れられました。母と気まずくなっても、仕事でリセットできることが、救いでした。

とはいえ、仕事と介護（プラス育児）の両立は、また違った大変さがあるのでした。

仕事と介護と育児の並立

私の仕事復帰に伴い、日中は母が一人で身の回りのことをしなければならなくなりました。

私の帰りが毎晩8時半頃になるので（仕事の後、娘を保育園に迎えに行ってからの帰宅）、母の夕食は、朝のうちにだいたい仕上げて家を出るようにしていました。毎日、夕方2時間ほど、介護や家事のサポートをしてくれるホームヘルパーさんに家に来てもらい、母の御膳立てに、着替えやトイレの介助、母の部屋の片づけなどの手伝いをお願いしていました。

この頃の母は、パーキンソン薬の副作用で、まるで発作のような激しい眠気に度々襲われていました。ご飯を食べながらでも眠ってしまうため、食事もスムーズに進まず、私が帰ってもまだ食事を終えていないことがほとんどでした。食卓に突っ伏しているか、椅子からずり落ちる寸前の体勢で眠ってしまっていて、手には箸が1本かろうじてひっかかっているような状態。母の服は、味噌汁やお茶がこぼれてびしょびしょになっており、テーブルの下には茶わんが転がり、ご飯や味噌汁が散乱していました。

そのため、私が家に帰ってからまずすることは、母の着替えの手伝いと、テーブルと床の掃除、そして、母に再び夕食を食べてもらうことでした（眠ってしまっても、お腹は空いているのです）。

眠ってしまいそうになる母と一緒に、何度も何度も声掛けをしながら食べる夕食は、正直、食べた気がしないくらい大変でした。

さらに、やっとのことで食べ終わった時には、母はたいてい薬が切れ、手足が動かず、歯磨き、トイレ、ベッドへ連れて行くなどの介護が必要になっていました。

並行して、1歳に満たない娘の世話と、多少の家事もあったので、家に帰ってからの2時間は、ただただ必死だったことを覚えています。それだけに、娘が保育園の延長保育で夕食を食べさせてもらっていたのが、本当に助かりました。

ホームヘルパーさん、保育士さん、いざという時に駆けつけてくれた義父母……。周囲の様々なサポートのおかげで、仕事と介護と子育ての並立は成り立っていたのでした。

第2の青春

私が仕事に復帰したことで、母は変わりました。

一番変わったのは、日中に一人で外出するようになったことです。私が育休中に一緒に通っていたパーキンソン病友の会のコーラスクラブに続けて通ううち、気の合う仲間ができ、友の会の社交ダンス部にも入部。さらに、仲間たちと毎日のようにカラオケに行ったり、買い物に行ったりするようになりました。もちろん、外出中に動けなくなることも多々あったようですが、同じ病気と闘う仲間たちが一緒なら心強かったようです。

ほんの数カ月前まで一人で外出するのが怖いと言っていたのがうそのように、どんどん積極的になっていきました。また、生まれて初めて持った携帯電話で仲間と長電話をしたり、メールを覚えて毎日やりとりしたりと、あの頃の母は、まるで女子高生のように楽しそうでした。

私が特にうれしかったのは、母がオシャレに気を遣うようになったこと。元気な頃は化粧品店を営んでいたこともあり、メイクも洋服も大好きでしたが、病気になってからは「何を着ても似合わなくなってしまった」と悲観して、化粧もろくにしていませんでした。

毎日、きれいにして出かけて行く姿は、昔の母を見ているようでした。

後で分かったことですが、母は当時、友の会で出会った男性に好意を抱いていたようです。こういう時、娘としては複雑な思いにな

仲間とのひと時。楽しそうな母

るのが普通かもしれませんが、私は、母がイキイキと過ごせるなら恋も大歓迎、と思っていました。

今思えば、母にとって第2の青春と呼べる時期だったのかもしれません。

薬と通院のストレス

フリーアナウンサー小林麻央さんの訃報（２０１7年6月22日）から5日。在りし日の、お子さんとの写真をテレビで見る度、かわいい子どもたちとどんなにか一緒にいたかっただろうと想像し、涙が出そうになります。

私は、がんで亡くなった父と、パーキンソン病を患った母の長い闘病生活に接し、病気が人の心まで支配してしまう怖さを思い知りました。

「力強く人生を歩んだ女性でありたい、子どもたちにとって強い母でありたい」と、最期まで凛として笑顔を忘れなかった麻央さんを、心から尊敬します。

ご冥福をお祈りいたします。

パーキンソン病には薬が欠かせません。

脳内で減少してしまったドーパミンを薬で補うなどすることで、一時的に症状を和らげることができます。ただし、薬が多すぎると副作用が出てしまい、少ないと体が動かないので、薬の調整が大変になってきます。

母は、眠気などの副作用が強く出るタイプだったので、一度に飲む薬の量を少なくし、その分小刻みに、1時間半ごとに服薬していました。飲むのが遅れると、一人では動けなくなり、よだれが止まらず、息が苦しくなってうつ症状に襲われ、一度薬が切れると、再び効くまでに時間がかかってしまいます。

それなのに、私が付いていないと薬を飲み忘れるので、いつも私と母のケンカの種になっていましたが、今思えば認知症が始まっていたのかもしれません。

そもそも薬の効果が1時間半も続かないことが多く、常に薬が切れることにおびえ、次の服薬の時間を気にする生活は、しんどいものでした。

通院は二週間おき。私は毎回、会社に半休をもらい、母に付き添いました。薬の効き方はどうだったか？　副作用は？　生活上困っていることは？　などを医師に伝え、薬の増減、変更を行いますが、これがなかなかうまくいきません。

というのも、普段、私の前では体の動きにくさや薬への不満などを訴えてばかりの母が、肝心の医師の前では強がってしまうのです。隣で付き添う私は、（どうしてもっと素直に訴えないの？）とイライラするばかり。

さらに、長い待ち時間の間は薬が切れて苦しんでいても、なぜか医師と対面する時には気が張っているからか、すこぶる調子がいいなんてことも。

私にしてみれば、一番状態の悪い時の母を診てもらって、対処してほしいのですが、結局、「いい調子ですね。では、薬はこのままで……」となってしまうのです。

つらい症状に耐えて耐えて、やっとの思いで二週間を乗り切って迎えた受診日なのに、母の症状も、介護の負担も改善されないまま。

私はがっかりして病院を後にするのでした。

週末の悩み

母を広島に呼んで良かったことの一つに、私の仕事ぶりを見てもらえたことがあります。

それまでは、広島で毎日のようにテレビに出ていても、福井にいた母に見てもらえないのが残念でした。広島に来て、私が出演する夕方の番組を毎回楽しみにしている様子は、気恥ずかしさもありましたが、親孝行ができたようでうれしかったです。

たまに、私のテレビでの言動に鋭い指摘をしてくることもあって、そんな時は耳が痛かったですが……（汗）。


一方で、この頃の私の悩みは、週末の過ごし方でした。

平日は母と過ごす時間が少ない分、土・日曜は家族一緒の時間をと、母を連れて出かけるのですが、外出先で何度も薬が切れて動けなくなるので、私は薬を気にしたり、トイレや歩行の介助をしたりで、気が休まりませんでした。

さらに、子どもに対しても、平日に遊んでやれない分、相手をしてやりたいのに、家族で出かけても私は母のことでいっぱいいっぱい。いつの間にか娘や夫と別行動になっていて、寂しさを感じていました。

そこで、母と出かけるのは土・日曜のどちらかにして、週に一日は仕事のことも介護のことも考えなくていい日を作ろうとしました。しかし、母を残して家を出る時、寂しそうな顔をされたり、「行ってしまうんやね」と言われたりするのがつらく、外出中も気が晴れないのです。

近くに、姉（横浜在住）や、母の兄姉（福井在住）が住んでいたら、たまに母のことをお願いできるのに……と何度思ったか分かりません。

ドタバタ column 02

夢を応援してくれた父

父の口癖は「子供には夢に向かって大きく羽ばたいてほしい」でした。

大学卒業後、県外にある希望の製紙会社に入った父は、体が弱く、長男だったこともあり、夢半ばで故郷に戻りました。

「自分ができなかった分、子供には夢を諦めさせたくない」という思いが強かったようです。


アナウンサーになりたいという私の夢も、母と共に応援してくれ、東京の大学への進学も、広島での就職も認めてくれました。

そして姉も県外の大学に進み、横浜で小学校の先生になる夢を叶えました。

今、自分が親になり、改めて、子供の意思を尊重してくれた両親の深い愛情を感じています。

本当は、どれほど傍にいてほしかったことでしょう。

娘が二人とも家を出ていく寂しさは相当だったと思います。

私が広島テレビに内定し、アナウンサーの夢が叶った時、
父は大腸がんの治療のため入院していました。
ベッドの上の父に報告し、固く握手をしたのが忘れられません。

第3章 施設介護への迷い

ショートステイの勧め

私が仕事に復帰し、母が少し自立した生活を送ってくれるようになったとはいえ、私の心には全く余裕がありませんでした。

ブランク明けの仕事、初めての育児、そして、ゴールの見えない介護が一度にやって来て、いつも追い込まれているような状態。それを理由にしてはいけないと分かっていても、母に優しく接することができず、ケンカが絶えませんでした。

そんな母と私が頼りにしていた一人が、介護保険のスペシャリストといわれる、ケアマネージャーでした。

当時のケアマネージャーさんは、母と年が近かったこともあり、母の良き相談相手になってくださっていました。また、家族の介護の負担がなんとか軽減できないか、考えてくださいました。

そして、ある日、こんな提案をされました。

「月に1度でも、週末だけ、ショートステイを利用してはどうでしょう」

ショートステイとは、在宅介護中の高齢者が短期間だけ介護施設に入所するサービスです。介護者の体調不良や、家を数日留守にするなど、自宅での介護が一時的にできない時に利用できます。

ケアマネージャーは、母のことをお願いできる身内が近くにいなかった私に、休養日を持つことを勧めてくださったのです。

それは、ギスギスしていた親子の関係を改善するきっかけにしてほしいとの思いからでもありました。

施設利用への抵抗感

母の介護を始めて1年。

ホームヘルパーには来ていただいていましたが、介護施設の利用は全く考えたことがなく、「ショートステイ」というサービスがあることも知りませんでした。施設のサービスを利用するのは、母よりもっと高齢で、要介護度の高い人だと思っていたし、当時はまだ、親の介護を施設にお願いすることに抵抗があったのも事実です。

しかし、

「施設に預けるといっても1泊だけだし、お母さんと同じ要介護度の方もたくさん利用しています。親子関係も、少し離れて気分転換した方がうまくいくのでは？　気軽に利用したらいいんですよ」

というケアマネージャーの言葉に、私の心は動かされました。月に1回でも、介護のことを考えない日があれば、どんなにリフレッシュできるだろう……。

一方で、母の抵抗感は根強く、「たとえ1泊でも、施設に行くのは嫌」と拒みました。介護が必要といっても、この時の母は50代。施設にはまだお世話になりたくないと思うのも、無理はありません。

そんな母に、ケアマネージャーはこう言いました。

「娘さんの顔をよく見てください。顔色も悪く、明らかに疲れがたまっているでしょ。このままでは娘さんが倒れてしまいますよ」

母は渋々、ショートステイの利用を承諾したのでした。

初めてのショートステイ

初めてのショートステイの日、母は朝から「体調が悪いから行きたくない」「キャンセルはできないのか」など、後ろ向きな発言を繰り返していました。「行かなくていいよ」という私の言葉を待っていたのだと思います。迎えが来ても、「どうしても行かないといけない？」と言って介護施設の方を困らせました。

ケアマネージャーも駆けつけ、再び説得。最後は私に、「お母さんのこと、見捨てるんやね」と言って家を出て行きました。

母に言われた「見捨てる」という言葉は、しばらく頭を離れなかったけれど、「今日は介護のことを気にしなくていいんだ。夜中に呼ばれることはないんだ」

と思ったら、自分の身が軽くなったような感じがしました。

一方で、「帰りたい」と言って周りを困らせていないか、もしかしたら無理を言って帰ってくるのではないかなど、結局、母のことばかり考えていたような気もします。

そんな私の心配をよそに、母は翌日、笑顔でショートステイから帰ってきました。

「すごくよくしてもらって、良かったよ～。夜中のトイレも、便が出るまでずっと付き添ってくれたんやよ。お母さん、うれしくて涙が出そうやったわ」

満足そうな母の言葉にホッとしながらも、私は、自分の介護の不十分さを指摘されたようで少し複雑でした。もちろん、母はそんなつもりで言っていなかったと思いますが、それが、当時介護に悩んでいた私の偽らざる気持ちです。

その日以降、母は自ら、ショートステイの利用を望むようになったのでした。

認知症の始まり

認知症の初期症状は様々だといいます。

私の母の場合は、片づけが苦手になったのが始まりだった気がします。母の部屋には出窓があったのですが、同居2年目の頃から、そこに脱いだままの服が重ねられ、またその上に書類が置かれるなど、ひどい有様。箪笥の引き出しの中もすぐにぐちゃぐちゃになって、しょっちゅう閉まらなくなっていました。

何度も注意し、一緒に片づけることもしばしばでしたが、何日かするとまた元の状態に。後に、性格の変化も認知症のサインだと知りましたが、当時は、「こんなにだらしがないとは思わなかった」と頭を抱えたものです。

他にも、衝動が抑えられなくなるというのでしょうか。バナナを一度に30本、洋服も一度に10着以上買ってきたり、試着室が待てずにその場で脱ぎ始めて驚かれたり、何かを思い出して急に道路に飛び出したり……ハラハラさせる行動が増えていきました。

それでも、『認知症＝物忘れ』というイメージが強かった私は、認知症と疑うことはなく、母に対して腹を立ててばかりいたのです。

自宅介護の限界

平日のホームヘルパーの訪問に、月に2回のショートステイ利用で、なんとか自宅介護を続けていましたが、やはり辛いのは夜中の介護でした。

どんなに疲れていても、毎晩必ず2、３回部屋から呼ばれ、ふらふらになりながら起きて、トイレの介助。一度トイレに入ると最低30分はこもり、体勢を整えたり座り直したりの手伝いも必要になるので、寝るに寝られず、トイレの前で毛布にくるまって待つこともありました。呼ばれる回数が多い時は、私に代わって夫が介助をすることも。トイレでは、目をつぶったりそらしたりしながら対応してくれたようです。

そんな日々の連続で、私も夫も体力の限界が近づいていた頃、我が家である事件が起きました。

明け方、「ドンドンドンドンドン」と、家のドアを激しく叩く音。

私と夫はびっくりして飛び起き、ドアを開けました。するとそこには、切羽詰まった表情の救急隊員の姿が！　状況が飲み込めない私たちに、救急隊員は言いました。

「救急の患者がいると連絡を受けました！　大丈夫ですか!?」

なんと、それは母のことでした。その日、母は夜中に強いうつ症状に襲われました。「このままでは死んでしまう！」と不安に駆られ、私たちを呼んだものの、私も夫も疲れがたまっていたのか寝入ってしまい、気づくことができませんでした。

母はわずかに動く指で携帯のボタンを押し、たまたまつながった友人に救急車を呼んでほしいと依頼。それがよくあるうつ症状と知らず、心配した友人が、１１９番通報をしたのでした。

救急車が到着した時には、母のうつ症状は治まっていました。

私は、救急隊員に、母の訴えがうつ症状によるもので、救急搬送の必要がないことを伝えお詫びし、帰っていただきました。落ち着きを取り戻した母は、私たちにこう言いました。

「私は24時間、誰かが傍にいてくれないとだめなのよ」

この出来事が、自宅介護から施設介護へと舵を切るきっかけになったのです。

ドタバタ column 03

両親からの手紙

学生時代、アナウンサーの夢を追いかける私に、
両親が送ってくれた手紙。
何か少しでも夢をつかむヒントになれば……という気持ちが
伝わってきます。

就職活動に行き詰まった時も、手紙で励ましてくれました。

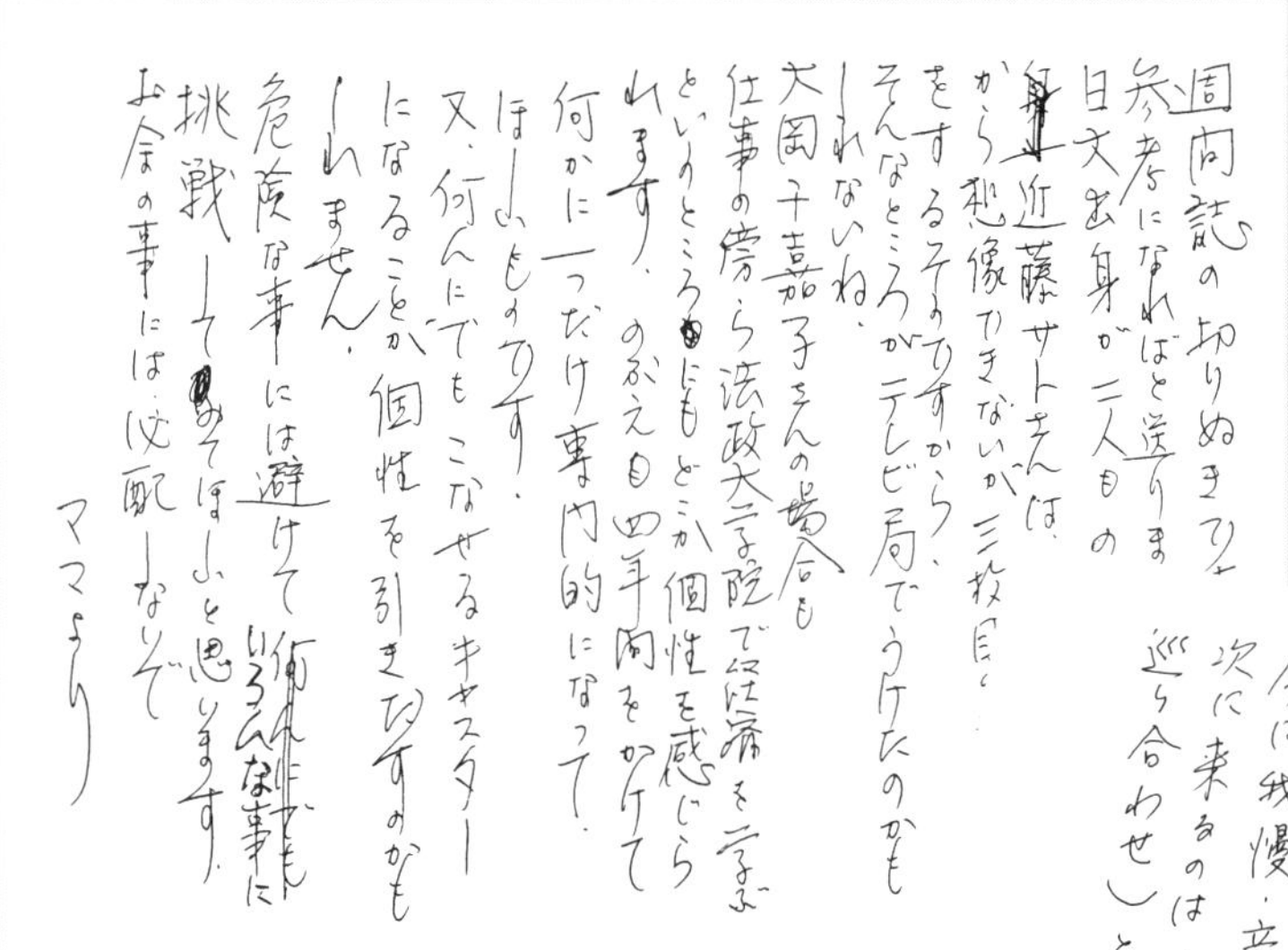

週刊誌の切りぬきです
参考になればと送りま
日大出身が二人目の
近藤サトさんは
から想像できないが三枚目
をするそうですから、
そんなところがテレビ局でうけたのかも
しれないね。
大図千嘉子さんの場合も
仕事の傍ら法政大学院で経済を学ぶ
というところにもどこか個性を感じら
れます。のぶえも四年間をかけて
何かに一つだけ専門的になって
ほしいものです。
又、何んにでもこなせるキャスター
になることが個性を引き出すのかも
しれません。
危険な事には避けて何んでもいろんな事に
挑戦してみてほしいと思います。
お金の事には心配しないで
ママより

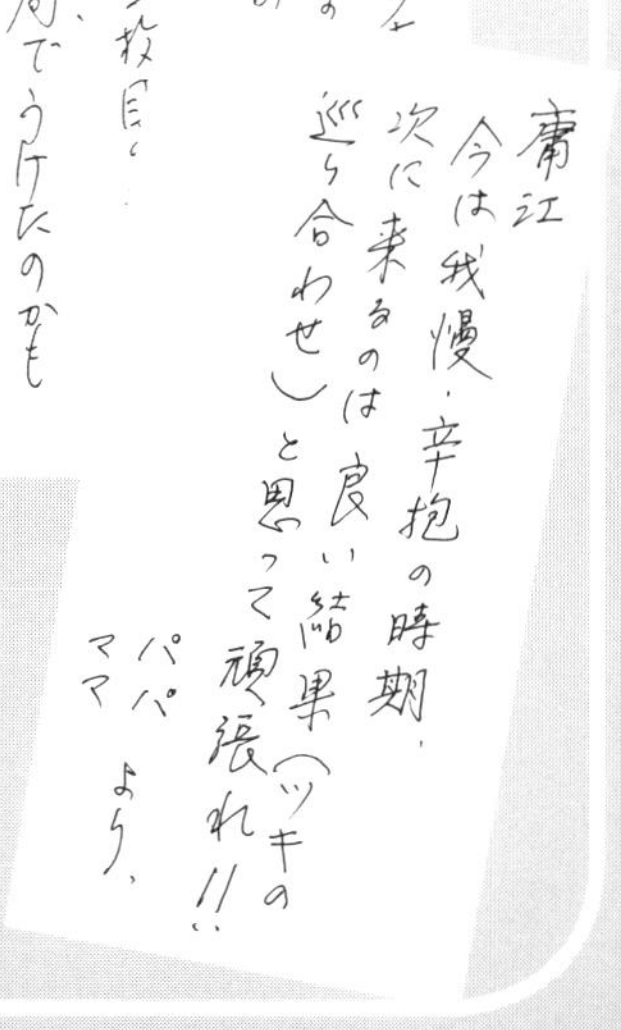

信江
今は我慢・辛抱の時期。
次に来るのは良い結果(ツキの
巡り合わせ)と思って頑張れ!!
パパ
ママ より、

第4章 老人ホームでの介護

体験入居

母の入居する介護施設探しが始まりました。
介護施設には様々な種類があり、認知症の有無、要介護度、費用、どんなサービスを希望するかなどを元に選択します。母は当時、要介護度3。まだ認知症と診断されていなかったこともあり、民間の老人ホームを中心に探し始めました。

老人ホームの多くは、入居を決める前に数日間の体験入居ができます。母も数カ所で体験入居を行いましたが、ここで、思いもよらぬことが待っていました。なんと、体験入居をしたホームから、ことごとく「うちに入居していただくことはできない」と言われてしまったのです。理由は、介護士の人数が少なくなる夜間に、何度もトイレなどの介助を必要とするため、対応ができないとのことでした。

体験入居は入居者が施設を選ぶためのものだと思っていた私にとっては、まさかの逆ＮＧ。その後も同じ理由で、２軒目、３軒目、４軒目と立て続けに入居を断られ、もしかしたら母を受け入れてくれるところはどこにもないのかもしれないと、途方に暮れました。

一方で、プロの介護施設ですら母の介護は難しいのだと知り、自宅介護に挫折し自分を責めていた私にとって、「仕方がなかったのだ」と納得させてくれる出来事でもありました。

有料老人ホームへの入居

母が入居できる施設を見つけたのは、施設探しを始めて半年が経った頃。

そこは、広島市内の、部屋数40室弱の有料老人ホームでした。それまでたくさんの施設に断られてきただけに、体験入居後に受け入れOKの返事をもらった時は、ただただ感謝の気持ちでいっぱいでした。自宅から車で15分ほどと近い距離にあったのも、頻繁に会いに行けて、ありがたかったです。

私が施設に一つだけお願いしたのは、外出の自由を認めてほしいということでした。

母は当時、まだ60歳という若さで、薬が効いていれば近所で買い物や散歩する程度はできたし、同じ病気の仲間たちと出かけることが楽しみの一つでもありました。なにより、脳内のドーパミンが減少してしまうパーキンソン病の患者にとって、イキイキとした生活を送ることが、ドーパミンを増やし、病気の進行を遅らせることにもつながるからです。

施設側も了承してくださり、すぐに入居の準備へと進みました。

有料老人ホームに入居となると、一般的に、入居一時金や敷金、月額の利用料、食費、介護保険の負担金などが必要です。

入居一時金は、そのホームを終身利用する権利を取得する費用（入居時に一部が初期償却され、残りを償却年数で少しずつ償却）で、何百万円も必要なところから0円のところ（その分、月額費用が高くなる）まで様々です。

母の入居したホームは、一時金は必要ありませんでしたが、家賃3カ月分の敷金に、引っ越し費用、家具の購入など、やはりそれなりの出費となりました。

当時の母
（薬があまり効いていない時）

もし、また別の施設に転居となれば、新た

に入居金や敷金、引っ越し費用、家具の買い替えなどが必要になると考えると、どうか気に入って長くお世話になってほしいと願うばかりでした。

しかし、初めての老人ホームでの生活は、順風満帆とはいきませんでした。自宅介護とはまた違った悩みに、何度もぶつかることになるのです。

体裁

母の老人ホームでの生活がスタートしました。

私は、とにかく母に寂しい思いをさせまいと一生懸命でした。ちょうど、2人目の子どもが生まれて育児休暇中だったこともあり、母に毎日のように会いに行き、話し相手になったり、外に連れて出たりしていました。

赤ちゃんを連れてホームに行くと、母はもちろん、入居している他のお年寄りがとても喜んでくれるのが印象的でした。

老人ホームに入居して一番良かったことは、母と私の関係が改善したことでした。私は、母に孫を会わせて話をするのが楽しみだったし、母は「そんなにしょっちゅう会いに来なくてもいいんやよ。あなたも大変なんやで」と、私を気遣ってくれました。

同居中、顔を合わせばなじり合い、微笑み合うこともなくなっていたのがそのように、昔のような親子関係が取り戻せたのです。それまでは、一緒に住み、自宅で介護することが親孝行だと思っていましたが、離れて住むことで、私は母に対して優しくなれました。

以来、「介護は一人で背負うのではなく、周りに感謝しながら助けていただく。その方が、介護する側もされる側も幸せなこともある」と感じるようになりました。

一方で、この頃の私はどうしても、母が老人ホームに入居したことを、会社の同僚にも、友人にも言えませんでした。体裁というのでしょうか。親の介護を施設にお願いするなんて、親不孝と思われるのではないか。親の介護もできないダメな人間だと思われたくない……。

そんな、罪悪感と劣等感、そして恥ずかしさが混ぜ合わさったような気持ちは、その後も長く消えることはありませんでした。

当時の母
（薬が効いている時）

施設からの苦情

最初は順調に見えた母の老人ホームでの暮らしでしたが、１カ月ほど経つと雲行きが怪しくなってきました。

施設のケアマネージャーから、母の言動に困っているといった内容の電話が、よくかかってくるようになったのです。

例えば、了承も得ずに外出するとか、コロ付きの椅子は危ないからコロ無しに座ってほしいと何度お願いしても聞いてくれないとか、部屋に物があふれ、つまずきの原因になるから危ないと注意しても、さらに色々なものを買ってきてしまうとか。

また、薬が切れると付きっきりの介護を求めるので、他の入居者にしわよせが行き、困っている。夜はひっきりなしに介護士を呼び、十分に対応できないと、「こっちはお金を払って入居しているのよ」と言ったなど、介護への依存心の高さも施設のスタッフを悩ませているようでした。

電話を受ける度、私はすぐに施設に駆けつけ、頭を下げました。

母の介護の大変さがよく分かるだけに、申し訳ない思いでいっぱいだったし、自分に代わって介護をしていただいている分、施設側の気持ちをしっかり受け止めるのが私の責任だと思っていたからです。

このままでは「もううちでは見られません」と、いつか施設を追い出されるのではないか……。そんな不安を抱きながら、その後の対応を協議するのでした。

嫉妬妄想

老人ホームでの母の問題行動は、その後も続きました。
施設の冷蔵庫を勝手に開けるとか、他の入居者さんのティッシュペーパーを「これくらいいいでしょ」と言って使う（自分のものがあっても）など、周りの人に迷惑をかけることも目立ってきました。ただ、記憶力は正常だったので、この頃はまだ認知症の症状とはみなされず、「あなたのお母さんの頭の中は、一体どうなっているのですか？」と言われてしまうこともありました。

そんなある日、決定的な事件が起きました。
当時、母にはボーイフレンドがおり、よく老人ホームを訪れてくれました。
施設の方々も、準家族のように捉えていて、母の介護についてその方に相談することも増えていきました。しかし、自分のいないところで女性ケアマネージャーとボーイフレンドが話すことを苦々しく思っていた母は、驚きの行動をとりました。

ケアマネージャーの自宅に電話をし、ご主人に向かって「あなたの奥さんは、浮気をしています」と訴えたのです（もちろん事実無根です）。私は、恥ずかしいやら申し訳ないやらで、この時ばかりは、施設に合わせる顔がないと思いました。

後で分かったことですが、この嫉妬も実は認知症からくるものでした。認知症の症状の一つに「妄想」があり、自分がどこにしまったか分からなくなった物を「盗まれた」と思いこむ物盗られ妄想や、被害妄想、そしてこの嫉妬妄想などがあげられます。

しかし、それを理解していなかった私は、母に対して「お母さんのことを真剣に考えてくれているのに、なぜ分からないの？　恩を仇で返すようなことをして信じられない！」と強く非難したのでした。

この頃から、母は、別の老人ホームへ移ることを考えるようになり、自ら、新たな入居先を見つけてきました。こうして、初めての老人ホームでの生活は、わずか数カ月で終わりを迎えたのです。

認知症を確信した出来事

ちょうど、最初の老人ホームを退居することが決まった頃、私が母の認知症を確信した出来事がありました。

それは、母と一緒に銀行のATMにお金を引き出しに行った時でした。ATMの前に立った母が、カードもスムーズに入れられず、画面のどこを押していいかも分からない状態で、困惑していたのです。それまで何度も使用してきたＡＴＭなのに、まるで初めて触れる子どものように、一人では扱えなくなっていました。
そんな母を見て、私の心は驚きが半分、あと半分は「やっぱりそうだったのか」という気持ちでした。母のそれまでの様々な問題行動が、この時やっと腑に落ちたのです。

一番忘れられないのは、その後の母のリアクションです。
普通ならＡＴＭの使い方を忘れてしまった自分にショックを受けるはずが、母は笑っていました。２年前は、薬の服用を忘れてばかりいる自分に落ち込んで、「お母さん、なんにも分からなくなってしまった」と、ものすごく悲しそうな顔をしていたのに……。

その後、間もなく、母は病院での認知症検査を経て、「パーキンソン病に伴う認知症」と診断されました。

母が61歳の時でした。

老人ホームの転居

母が2度目に入居したのは、自宅から車で1時間ほどのところにある、部屋数が３００室以上の大規模な有料老人ホームでした。

母が自ら資料請求をし、見学もし、どうしても入居したいと訴えたその施設は、高級感のあるロビーに、売店、レストラン、サロンまで備え、まるでホテルのようでした。

当時の母は、一人での外出が難しくなっていたので、施設内に様々な設備やアクティビティがあるこの老人ホームなら、外出に代わる楽しみが得られると思ったようです。

高額な入居一時金には、母自身の貯金を充てました。母は若い頃から節約家で、ブランド品には目もくれず、買うのはもっぱらセール品。海外旅行にも行ったことがなく、お酒も飲まない、貯金が趣味のような人でした。そんな母にとって、この老人ホームへの入居は、初めての贅沢と言っていいかもしれません。

老人ホームでの１枚

施設の転居は、何かとお金がかかります。入居に関わるお金以外にも、引っ越しの費用や、前の施設で使っていた家具が使えず買い直したり、買い足したりも必要になってきます。また、引っ越しの片づけ、入居に必要な様々な資料の準備、手続きなど、労力も伴います。

さらに、入居する本人も家族も、新たな環境や介護の仕方、人間関係などに一から慣れていかなければならない大変さがあります。

私は、「どうか今回の施設は、長くお世話になれますように」と願うばかりでした。

判断ができるうちに

新たな老人ホームでの生活は長くは続きませんでした。

豊富なアクティビティには満足していたものの、1カ月もすれば、前の老人ホームの時と同じように、母の問題行動が指摘されるようになり、母自身も介護への不満を口にし始めました。

さらに一番のネックは、私の家から車で1時間という距離でした。私が運転に慣れていなかったこともあり、気軽に会いに行けず、母に何らかのトラブルがあってもすぐに駆けつけることができませんでした。結局、家から近い老人ホームに空きが出たこともあり、半年ほどで転居となりました。

ところでこの頃、我が家では母の強い意向で、ある二つの事に取り組みました。

一つは、私が母のお金を預かること。

それまでは、娘であっても、親がどこに、いくつ口座を持っているのか、どんな保険に入っているのかなどは把握していませんでした。それを私が預かることで、その後の母の病気の治療や、介護施設にかかる費用にスムーズに充てられるようにしたのです。母はその後、自分の口座も暗証番号も分からなくなってしまったので、まだ判断ができるうちに話し合ったのは正解でした。

もう一つは、空き家状態になっていた福井にある実家を整理し、貸し出すこと。母が福井を出て数年が経ち、人が住まなくなった家は、傷む一方。しかし、先祖代々守ってきた場所を簡単に手放すこともできず、棚上げ状態でした。

運よく借りてくださる方が見つかり、横浜に住む姉と（時には母も）何度も実家に帰り、家の中にあったすべての物を片づけ、引き渡しました。長男の嫁として馬場家に嫁ぎ、夫亡き後、家を守っていくことを使命と感じていた母にとって、大切な家を人に貸すことは苦渋の決断でしたが、いずれ分からなくなってしまう前に……という切迫感があったのかもしれません。

あの時決行していなかったら、今頃、実家の管理に悩んでいただろうと思うと、私たち娘のための決断だったのかなと、母に感謝しています。

ドタバタcolumn 04

孫への絵手紙

老人ホームの絵手紙教室で、母が作った絵手紙。パーキンソン病の影響で手が震えるなかでの作業でしたが、孫に宛てて送っていました。

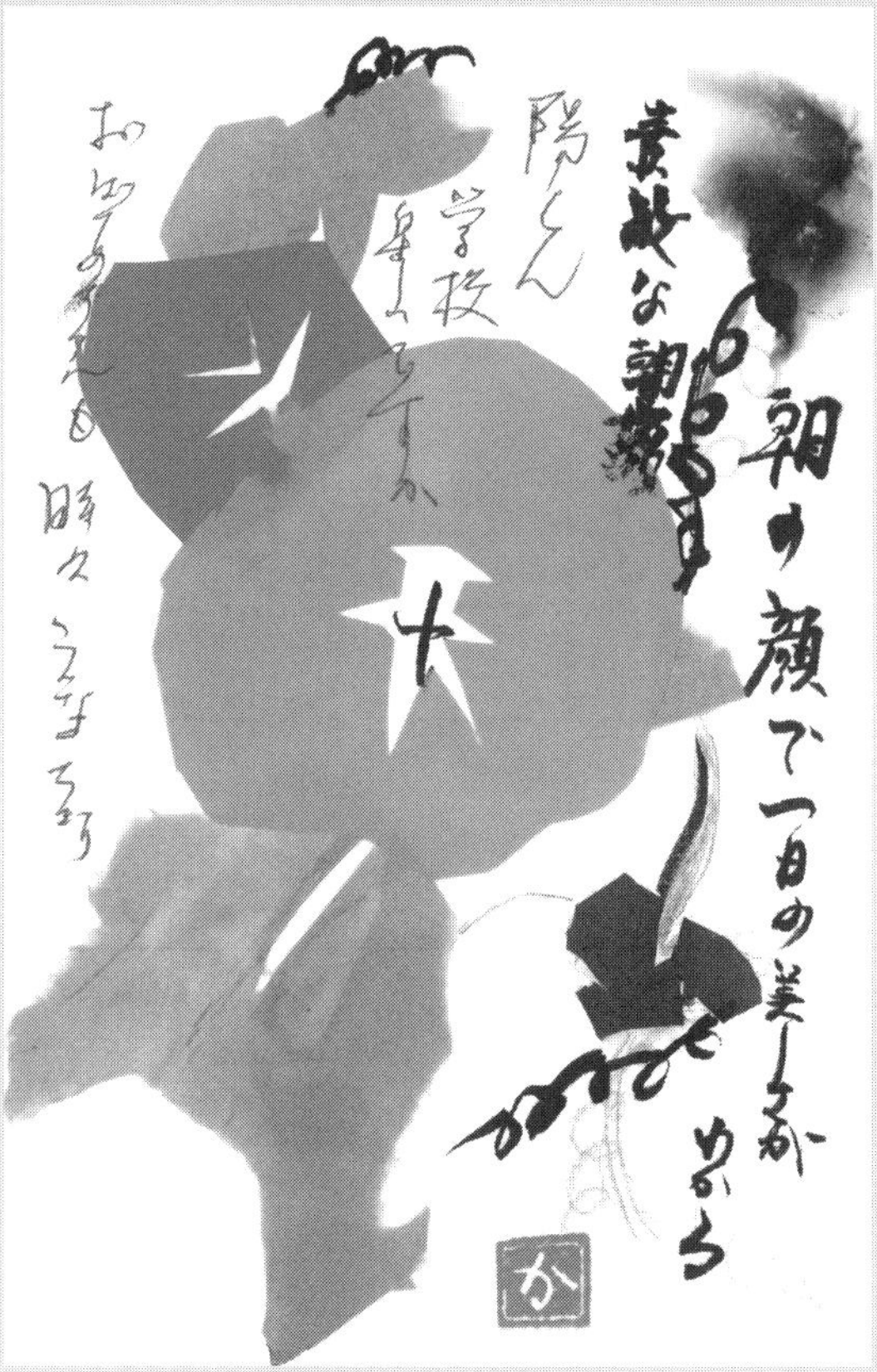

第5章 精神症状

次なる闘い

母が3度目に入居した老人ホームは、自宅から車で15分ほど。やはり、アクティビティが充実した施設でした。母はここに約3年、籍を置くことになりますが、それは、母が大きく変貌した3年であり、私にとっては、悩み、もがいた3年でもありました。

最初は、施設内に友人もでき、クラブ活動を楽しむなど、順調な日々を送っていましたが、この頃から母は薬の調整が難しくなっていきました。

パーキンソン病の薬は長年飲み続けると、様々な副作用が出てきます。まず、効いている時間が短くなって、切れている時間が長くなるので、一日中薬が効かず介護士を呼び続けたり、外出中に薬が切れて動けなくなったりすることが増えていきました。また、幻覚も副作用の一つで、自分の腕にフォークを突き刺そうとしたり、綿を口に入れたりすることもありました。

そのため、医師から勧められ、一度入院して薬の調整を行うことになりました。これで、少しは、母の状態も上向くだろう……。そう期待したのもつかの間、数日後、入院先の病院から、思いもよらぬ電話がかかってきました。

「注射の際に病室で暴れ、医師の指を噛んで抵抗し、病院を飛び出しました！」

結局、踏切で行く手を阻まれ、無事に保護されましたが、今思えばこれが、母の病気との次なる闘いの始まりだったのです。

緊急入院

母が病室で暴れたという連絡を受け、私は、入院先に駆けつけました、治療してくださっている先生に対して、こともあろうに、指を噛むなんて……。私は、医師や看護師の皆さんに申し訳なくて、土下座して謝りたい気分でした。

母に、なぜそんなに抵抗したのか聞くと、

「先生が、怪しい注射を打とうとした。私を実験台にしているんや」

と、訳の分からない答え。

「何言ってるの！　怪しい注射なんかじゃないよ。お母さんの薬を調整するために入院しているんでしょ。先生にだって、もう何年もお世話になっているじゃない！」

そう説得しましたが、母はどうしても分かってくれません。

結局、精神的ストレスを考慮し、予定より早く退院することになりました。

しかし、老人ホームに帰ってわずか3日後、今度はホームのスタッフから、さらに驚く電話がかかってきました。

「お母さんが、他の入居者に暴言を吐き、暴力を振るわれました。こちらでは手に負えず、精神科の病院に緊急入院しました」

精神科？　緊急入院？？

私は、何が何だか分からなくて、パニックになりそうでした。母は一体どうしてしまったのか……。

この日の私は生放送の出演日でしたが、正直、心ここにあらずで、母のことばかり考えていました。

深い妄想の中

母が緊急入院したという連絡を受けた日、私は仕事を終えたその足で、夫と共に精神科の病院へ向かいました。

そこで見た光景は、今でも忘れません。殺風景な部屋の隅っこに、布団が1組だけ敷かれ、パジャマ姿の母が眠っていました。私が近づくと、母は静かに目を開け、まるで迷子の子どもがやっと親に会えた時のように、涙を流しながら私にしがみついてきました。

母は酷く混乱していて、「私をモルモットにしようとする悪い男たちに追われ、捕まった」などと、深い妄想の中でおびえていました。

その姿はあまりに弱々しく、病状の深刻さを痛感した私は、泣きながら母を抱きしめました。医師いわく、長年パーキンソン病の薬を服用してきた副作用か、認知症からくる幻覚のどちらか。もしくは両方が複合して起きているのではないか、とのことでした。

この時のとてつもない悲しさは、もしかしたら、母が他界した時以上だったかもしれません。どう表現したらいいのか……。

人生の折れ線グラフが落ちるところまで落ちたような、そんな気持ちでした。

ドアノブのない部屋

精神科の病院に緊急入院した最初の数日間、母は、救急患者用の部屋に入りました。

ここは、ドアノブのない、つまり、自由に外に出ることができない部屋。家具も洗面所もなく、部屋の隅に扉のないむき出しの便器が一つ。部屋の真ん中にベッドだけが置かれ、ナースセンターから中の様子を確認できるカメラが設置されていました。精神的に不安定な患者が自らを傷つけるなどの危険がないように、とのことですが、治療とはいえ、この部屋に一日中居る母を思うといたたまれませんでした。

すぐにでも退院させて、家に連れて帰りたい気分でしたが、「男たちが追ってくる」「盗聴器が仕掛けられている」など、妄想にとらわれ続けている母を見るとやむを得ませんでした。

最もつらかったのは、面会の帰り際。

「のぶえ！　お願い！　ここから出して！　お願い！」と懇願する母を振り切って帰る時でした。自分がとんでもなく冷酷なことをしているようで、とはいえ、どうすることもできず、私は毎日泣きながら帰路につくのでした。

明けない夜はない

精神科の病院に緊急入院して1週間が経った頃、母は、一般病室に移ることができました。

一般病室は、他の科の病院の部屋と何ら変わりなく、出入りも自由。入院患者が集って食事をしたり、テレビを見たりできる大広間もありました。

母がお世話になって初めて知ったことですが、近年の精神科病院は、施設などで介護することが難しくなった重度の認知症高齢者が多く入院しています。

一方で、気のいいお兄さんや、勉強をしている若者など、一見、患者とは分からない人も多く、私の持っていたイメージとは随分違っていました。


母の症状は一進一退でした。

妄想発言が減ったかと思えば、今度は「食事に毒が入っている」と言って口にしなくなり、まるで子どもに戻ったのではないかというくらい、他の患者さんと戯れていたかと思えば、無表情でほとんど言葉を発しなくなる……。

いずれにせよ、母がどんどん母らしさを失っていくように見え、不安でたまりませんでした。

当時を思い出す時、面会の行き帰りに、いつも車の中で聴いていた「嵐」の曲がよみがえります。「明けない夜はない」という歌詞にどれだけ励まされたか。今も、嵐が大好きなのは、精神的に最もつらかった時期のよりどころだったからに他なりません。

変わってしまった母

母は約3カ月で精神科病院を退院し、老人ホームに帰ることになりました。私は、「これで退院して本当に大丈夫だろうか」と不安でいっぱいでした。なぜなら、母は相変わらず妄想の中にいて、私が何か話しかけても無表情の無反応。

一方で、老人ホームに向かう車の中では、小さな声で何やらずっと独り言をつぶやいています。耳をすましてみると、それは独り言ではなく、会話だと分かりました。「そうそう！」「本当に？」などと言いながら、私には見えない誰かと話をしています。饒舌《じょうぜつ》に、時折クスクス笑いながら……。

さらに、妄想から食事も十分にとれなくなっていた母。

この時の体重は、身長１６２センチに対し、40キロを切っていました。明らかに入院当初より弱々しく、車椅子に座っているのがやっとでした。

精神科病院を退院した直後の母

久しぶりの老人ホームでは、スタッフの方と、仲の良かった入居者の方が、「お帰り！　待ってたよ」と迎えてくれました。

本来なら、感激屋の母のこと、笑顔でハグして、涙も流していそうですが、少し顔を緩めた程度で、心ここにあらず。他人に暴言を吐いたり、暴力を振るったりすることがなくなったとはいえ、3カ月前とはすっかり変わってしまった母がそこにはいました。

会話ができない　食べられない　動けない

精神科病院から老人ホームに戻った後の母は、最も状態が悪化し、様々なことができなくなっていました。

まず、会話ができない。

私が話しかけても、蝋人形のように無表情で、話す意欲自体が感じられない。たまに、話そうとする時があっても、声量がなく何を言っているのか分からない。声が出ても妄想や幻覚が強く、意味が理解できませんでした。

そして、食べられない。

食事の時間に薬が切れて、口を開けることができない。薬が効いていても、自分でスプーンが持てず、口や喉の動きも弱いため、少ししか食べられない。妄想が強くて、食べ物を受け付けないこともありました。

さらに、動けない。

以前は、薬が効いている時は、自分で着替えたりトイレに行ったり、廊下を歩いて体力作りをしたりしていたのに、この頃は、どれもできなくなっていました。なかでもトイレは、自分から「行きたい」と言うこともほとんどなくなり、介護者が1時間おきに連れて行くようになっていたのですが、尿意を感じることが難しいのか、感じても伝えられないのか、間に合わないことが多く、紙おむつが欠かせませんでした。

こうして、母の身体の機能はどんどん落ち、体重もますます減っていきました。日に日に弱っていく母を見るのがつらく、私の心は塞ぐ一方でした。

そんななか、老人ホームの医師から家族に、ある相談がありました。

それは、「胃ろう」を行ってはどうか、という提案でした。

ドタバタcolumn 05

孫とのふれあい

子ども達や母自身の誕生日には、母を家に呼び、家族みんなでお祝いをしていました。
家族で過ごす時間を作ってあげたいとの思いからでしたが、症状が安定せず、家に連れて帰るだけでも一苦労。

いつまでも薬が効かず、お祝いどころでないこともしょっちゅうでしたが、時折見せる柔らかな表情は、孫を愛しく思うおばあちゃんの顔でした。

第6章 治療の選択

胃ろう

皆さんは、『胃ろう』をご存知ですか？

口から食事を摂るのが難しい人が、お腹に穴を開け、管を使って胃に直接栄養を送り込む処置です。飲み込む機能が低下すると起こりやすい低栄養や、食べ物を喉に詰まらせての窒息、誤嚥《ごえん》性肺炎（食べたものが胃ではなく肺に入ってしまい肺炎を引き起こす）などを防ぐために行います。

老人ホームの医師から母の胃ろうを勧められたのは、身長162センチの母の体重が36キロほどになった頃でした。これ以上体重が減るようだと、心臓への負担が大きく、命の危険につながること。食事の度に少しずつ食べ物が肺に入り込んでおり、いつ肺炎になってもおかしくないこと（実際に、この頃の母は微熱が続いていました）。さらに、幻覚などの認知機能の低下も、低体重による脳の委縮が少なからず影響していることが理由でした。

初めて聞いた、胃ろう。

食べることが大好きな母から、口から食べる機会を奪っていいのか？　それでも、命の危険があるのなら、やむを得ないのではないか……。私は悩みました。母本人に聞きたくても、まともに会話ができません。横浜の姉や親せきに相談しましたが、最終的には母の状態を一番近くで見ている私が決める以外ありません。

インターネットで、メリット、デメリット、体験談などを読みあさりました。

そして行きついた答えは……胃ろうにしない選択でした。

体重増加計画

医師の勧めを断るのは勇気がいるものです。

胃ろうを拒んで、もし母に万が一のことがあったら本末転倒ではないか……とも悩みました。それでも、私は、母の可能性にかけたいと伝えました。医師には、「この先、体重が35キロを下回った際には、胃ろうを行わざるを得ない」と忠告されましたが、ひとまず様子を見ることが許されました。

その日から、私は、母の体重を増やすことを一番に考えるようになりました。母に会いに行く日は、飲み込みやすいゼリー飲料や、プリン、ヨーグルトなどをいくつも持参。カロリーが1キロカロリーでも高い物を選びますが、一袋せいぜい200キロカロリーくらいで、高カロリーの物を探すのはこんなに大変なことかと気づかされました。

老人ホームの看護師は、医療用の高カロリー飲料をゼラチンで固めて食べやすくし、毎日出してくれました。介護士の皆さんも、「今日は、ゼリーを3分の2まで、食べることができました」とか、「プリンを気に入って、全部食べられたんですよ!」などと、詳しく報告してくれました。

そんな周りの思いが伝わったのか、母に大きな変化が表れました。「食べなければ!」という意欲が見え始めたのです。一つひとつ課題に取り組むかのように、一口ずつ、一生懸命に食べる母……私はそんな姿を見て、母を心から愛しく思いました。

その後、母の体重は徐々に増加。なんとか39キロまで戻すことができ、胃ろうの話は立ち消えとなったのです。

一難去ってまた一難

胃ろうの危機を脱した母でしたが、また新たな難題がふりかかりました。『褥瘡《じょくそう》』いわゆる床ずれです。寝たきりなどによって、体重で圧迫されている場所の血流が悪くなり、皮膚の一部が赤い色味をおびたり、ただれたり、傷ができたりすることです。一度できると治りにくく、ひどい場合は皮膚や筋肉が壊死し、骨が露出するほどの穴が開いてしまいます。

また、その部分が細菌に感染し全身に回ると敗血症になり、死に至るケースもある、怖い病気です。

母は寝たきりではありませんでしたが、この頃はほとんどの時間を車椅子の上で過ごしていました。

そのため、車椅子の足置きに接する左のかかとに褥瘡ができ、悪化。介護士の皆さんが、毎日洗浄したり薬を塗ったりしてくれましたが、何カ月も治らず、しまいには深い穴のようになってしまいました。

総合病院を勧められ、皮膚科を受診すると、傷が骨の近くまで達し、かなり深刻な状態であることが発覚。そのまま、整形外科に回されました。そして、医師から思いもよらない言葉を投げかけられました。

「整形外科に来たということは、足を切断した方がいいということです」

切断⁉

驚きと恐怖で、私はしばらく声が出ませんでした。

切断の危機

褥瘡《じょくそう》の悪化で、整形外科の医師に、左足首から下の切断を勧められた母。

まさか、そこまで酷い状態になっていたなんて……。青天の霹靂《へきれき》とはまさにこのことでした。


私は、必死で食い下がりました。

「切断以外に、本当に方法はないのですか？　切断しないと、絶対に命が危ないのですか？」

「そう言われても、整形外科に行くように言われたというのはそういうことだから。もう一度、皮膚科で相談してみますか？」

私は再び、皮膚科の医師と話し合いました。

医師は、「若い人なら治る可能性もあるが、お母さんの年齢と体力を考えると難しい。それどころか、傷口の菌が全身に回り、死に至る危険性の方が高い」と言いました。

悲しいかな、そんな深刻な話を隣で聞く張本人の母は無反応。何を思っているのか、そもそも状況を把握できているのかも分かりません。自分の足がなくなるかもしれないというのに……。

私は、あきらめたくありませんでした。

老人ホームに入居しているとはいえ、母はまだ60代。足を失えば、この先20～30年、ますます不自由な体で生きていかなければなりません。

また、この頃の母はほとんど車椅子での生活でしたが、日に何度かは歩こうとし、介助があれば実際に歩くこともありました。体力が回復すれば、もっと歩けるようになるかもしれないのに、切断すれば、ますます歩くことがなくなり、体力はさらに低下するでしょう。そうなれば、歩く気力すらなくなり、生きる意欲も奪いかねません。

何より、本人がよく理解できない中、切断手術を行えば、足のない自分を受け入れることができないのではないか。ショックで、認知症も悪化するかもしれないと思いました。

私は、「今は、切断はしたくない。治らなかったら治らなかったで構わないから、ひとまず皮膚科での褥瘡治療をしてほしい。切断はその後に考えたい」と懇願しました。

医師は、困った顔をしながら、渋々承知してくれました。こうして、今度は皮膚科での入院治療が始まったのです。

介護と看護は違う

『介護と看護は違う』……母がかかとの褥瘡《じょくそう》の治療で入院した時に感じたことです。

一般病床はあくまで治療が目的。もちろん、看護師さんに着替えの手伝いやトイレの介助などはしていただけますが、基本的には家族による介護が必要です。

私も、仕事があるため、ずっと付き添うことはできませんでしたが、昼食か夕食時のどちらかの時間に合わせて病院を訪れ、食事の介助をしていました。

また、介護施設ではしていただけた洗濯も、当たり前ですが家族がすることになります。

母の場合、尿意を訴えることが難しく、おむつを履いていても漏れてしまうのと、体が不自由な分、食べこぼしなども多いため、一日に下着と寝巻がそれぞれ3、4枚ずつ、涎が出るので、タオル類の洗濯物も5、6枚にのぼります。何枚も買いだめするわけにもいかず、毎日持ち帰り、洗い替えを補給しました。

さらに、病院での生活は介護施設に比べ、行動範囲が狭くなりがちです。ベッドの上にいる時間が長くなり、話し相手も減ってしまいます。たとえ褥瘡が治っても、筋力が落ちて立ち上がれなくなるのではないか、脳の刺激が減ることで認知症が進むのではないかという心配も募りました。即切断でもおかしくない足を治療してくださる病院にはもちろん感謝していましたが、介護施設のありがたさを痛感した入院期間でもありました。

一方、褥瘡に対しては、入院治療だからこそできる手当が施されました。

患部に一日中、専用の装置を取り付け、自動的に老廃物や体液を吸引して取り除くことで傷を小さくする方法です。最初の2週間は、治癒するのか、医師も見当がつかない様子でしたが、その後少しずつ改善し、1カ月が経った頃には装置も取り外されました。そして、約2カ月半後、足を失うことなく退院の日を迎えることができました。

パーキンソン病と認知症を患いながらも、母の気力と体力は、褥瘡に打ち勝ったのです！

自分の体のことは自分で決める

『胃ろう』と『足の切断』という二つの大きな危機を乗り越えた母。

この出来事を通して、私は『自分の（家族の）体のことは自分で決める』大切さを学びました。医師の勧めに「NO」を言うのは、本当に勇気がいることです。わがままだと思われるのではないか、専門家の言うことを聞くべきだ、などと考え、本心が言いづらくなります。

それでも、自分の体ですもの！　遠慮する必要はない。自分の心に従って、本当に受けたい治療を選べばいい、と私は思うのです。少なくとも、母はそうしたことで、最期まで口から物を食べ、自分の足で歩くことができました。

そして、もう一つ。

もしもの時にどんな治療を受けたいか、受けたくないか。また、自分の価値観などを、元気なうちから家族と話し合っておくことが重要だと思います。

胃ろうと足の切断を勧められた時、私が一番知りたかったのは「母自身がどうしたいのか」でした。しかし、母はもう自分で自分のことを決められなくなっていました。

母の人生を左右する重い決断を、自分一人にゆだねられる怖さ……。元気なうちに話し合っておけばよかったと後悔しました。実は、母の最期でもまた、私は大きな選択を迫られることになります……。
いずれまた、書かせていただきます。

ドタバタcolumn 06

母の好きな歌

母の好きな歌は、舟木一夫さんの「高校三年生」。

この曲が流行った当時、母はちょうど高校３年生で、卒業式に同級生みんなで歌ったそうです。

カラオケでもよく歌って、当時を懐かしんでいました。


母は一度、広島で、舟木一夫さんのコンサートに行ったことがありました。

パーキンソン病が進行して、意思の疎通が図りにくく、外出も大変な時期でしたが、きっと喜んでくれるはずと計画。

仕事の私に代わって同行してくれた方が、「舟木さんが出てきたとたん表情がイキイキとして、とても楽しそうだった」と話していました。

高校時代を思い出していたのかな。

ドタバタかいご備忘録

第7章 認知症

認知症を受け入れる

認知症の宣告から、精神科への緊急入院、胃ろうの危機、褥瘡《じょくそう》治療など、目まぐるしい日々を送る中、私の心にはある変化が生まれていました。

それは、母の認知症を受け入れ始めたことです。

認知症と診断された時、私は「やっぱりそうだったか」と納得はしても、その後も母がおかしな言動をすると、元気な頃と変わらず母を咎めてしまっていました。

しかし、どんなに正そうとしても母は納得することはなく、精神状態が不安定になるばかり。私もイライラして、ついきつい言い方をしてしまい、自己嫌悪に陥る……その繰り返しでした。

転機となったのは、10年前に他界した父（母にとっての夫）に関する会話です。

父が亡くなったことを忘れてしまった母は、しきりに「省二さんは今どこにいるの？」と聞いてきました。

「10年前に亡くなったでしょ」と答えると、母は「本当に？」と驚いて、ひどく落ち込みました。

そして数日後、再び「省二さんはどこ？」と質問をしてきました。

「がんで亡くなったでしょ。覚えてない？」と私が言うと、「本当に？」と、また初めて知ったかのようにショックを受け、悲しみました。

そんな会話を繰り返すうちに、私は、真実を伝えるのが母にとって果たしていいことなのだろうかと考えるようになりました。

何度も何度も悲しい思いをさせるより、穏やかに受け流すほうが母のためではないか……。

以来、「省二さんは？」と聞かれれば、「生きている」とは言わないまでも、「会いたいよね。私も会いたい」とか「いつもお母さんを見守っているね」などと返し、別の話に持っていくようにしました。それでも問い詰められて、結局本当のことを言わなければならないこともありましたが（汗）。

母の幻覚や妄想に対しても同じです。

「そんなものはいない」とか「間違っている」などとは言わず、「そうだね。私には見えないけど、お母さんには見えているんだね」とか「お母さんはそう感じるんだね」と、否定しないことを心掛けました。

そうやって少しずつ、私は母の認知症を受け入れていったのです。

一方で、受け入れたくても受け入れられないことがあるのも介護の現実。次回綴ります。

悩める認知症

受け入れたはずの母の認知症ですが、どう対応したらいいのか頭を抱える症状もありました。

一つは異食。つまり食べ物ではないものを食べてしまう行為です。クリスマスツリーに飾られていた綿を口に入れてしまったこともあれば、醤油やポン酢などの調味料を茶碗一杯に注いで、ジュースのようにゴクゴク飲んでしまうこともありました。

さらに、一番困ったのは、便を口にしようとしたことです。「最近、便を触ったり、口に入れたがったりするんです」と、施設から報告を受けた頃、母と病院に行く機会がありました。病院で便意を訴えるのでトイレに付き添うと、すでにパッドに出てしまっていました。便を触らせないよう、さっと抜き取り、いったん目の届かないところによけましたが、母はそのパッドを見せてほしいと言います。「大丈夫よ。私が片づけておくから」となだめても、トイレの中を見回し、場所が分かると、倒れそうになりながら立ち上がって、なんとしても取り返そうとします。私は、狭いトイレの中で、母の手を掴み、取っ組み合いのようになりながら必死で制しました。

もう一つは、「家に帰りたい」と訴え、施設を何度も抜け出そうとしたことです。フロアのドアはオートロックになっていましたが、隙を見て外に出て、捜索されることもありました。

母の言う『家』は私のいる広島の家ではなく、故郷・福井の家です。母は、自分が広島にいることが分からなくなっていて、タクシーにでも乗れば、すぐに福井の家に帰れると思っていました。

といっても、福井の家は、母がまだ判断能力がある頃、母の意向で人に貸したので、帰れたとしても中に入ることはできないのですが、それも忘れてしまっていました。

そのため、私が施設に会いに行けば、「今から家に連れて帰って」とせがまれるので、面会自体、気が重い時期もありました。

「ここは福井ではない」と言っても通じません。とりあえず車に乗せ、母の気が済むまで、何時間も走ったことも。それでも母の気がそれることはなく、最後は施設の方に強制的に引き渡しました。

私の都合で母を遠い広島に連れて来てしまったこと、そのうえ一緒に住むこともできず、一人、施設での生活をさせてしまっていること……。申し訳なさと、それでも現状を変えることのできない無力感で、気の晴れることのない毎日でした。

求める介護の形

『本来なら自分がするべき介護を、人様にお願いしている』

家族を介護施設に預けている人は、きっと誰しも、このような申し訳なさと感謝の気持ちを抱いていると思います。私もそうでした。見ていただけるだけでありがたい。これ以上何かを求めたり、介護に口を出したりするのはおこがましいと……。

しかし私は、いつの頃からか、お世話になっている老人ホームのある対応が気になり始めました。

ホームでは、お年寄りがダイニングルームに集まって、一緒に食事をします。

ある日、食事の時間にお邪魔すると、一人の認知症のお年寄りが、食べ終わった食器を片づけようとしていました。

すると、介護士の方が
「そんなことしなくていいんですよ。私の仕事ですから……」

と制しました。

「あなたも大変だから。お年寄りは、手伝わせて。私、申し訳なくて……」

と言います。介護士の方は
「本当に、しないでください。転んだら大変！　私が怒られます」

と言って、さっと食器を下げました。

お年寄りが、少し寂しそうに見えました。

私は、お年寄りに手伝わせてあげてほしいと思いました。人の役に立ちたいという気持ちを満たしてあげることも、心の安定につながるのではないか。また、自分でできることはできる限り自分でやってもらったほうが、認知症の進行を遅らせるのでないかと。こうして少しずつ、私の中で、求める介護の形が見えていきました。

そして、母の介護に対しても、要望が生まれていったのです。

老人ホームへの要求

私の願いは、母の体の機能をできるだけ維持することと、認知症の進行を遅らせることでした。

そのため、入居している老人ホームに対しても、その二つにつながる介護を求めるようになりました。

例えば、レクリエーション。ホームでは、生け花教室や俳句教室など、日々、様々なレクリエーションが行われていました。私は、母の脳の活性化のために、できるだけ参加させてほしいと願いました。しかし、ホーム側は、ケガの心配を理由に難色を示しました。パーキンソン病の母は、一日の中で体が急に動かなくなったり、逆に急に動き始めたりと予測がつきません。

「レクリエーション中に急に椅子から立ち上がって、倒れる危険がある。スタッフがずっとついて見守れないので、一人で参加させることはできない」とのことでした。家族が同伴するならＯＫと言われましたが、平日の午後、仕事を休むわけにもいかず、あきらめざるをえませんでした。

また、食事については、ホームと何度も話し合いました。

この頃の母の食事は、誤嚥《ごえん》（食べ物が食道ではなく気道に入ること）による窒息を防ぐため、流動食のような形態でした。ご飯はおかゆよりもドロドロしていて、おかずは元の姿が全く分からないペースト状になっていました。

私は、度々「普通の食事に戻してほしい」と掛け合いました。母は確かに、薬が切れている時間は物が飲み込みづらく、誤嚥を起こしたこともありました

が、薬が効けば自分で箸を動かし、スムーズに飲み込むことができたからです。しかし、

「一人だけ食事の時間を変えることはできない。安全上、決められた時間以内に食べなければいけないというルールもある」

と断られました。とはいえ、食事は母にとって唯一の楽しみ。せっかく薬が効いていても流動食しか食べられないのは、あまりにもかわいそうでした。さらに、このままでは噛む力や飲み込む力が衰え、体の機能がますます低下してしまいます。物を噛まないことで、脳への刺激が減り、認知症が進むことも考えられました。

私は、万が一誤嚥を起こしてもホームの方を責めないので、どうか普通の食事にしてほしいと懇願しましたが、

「もし何かあったら、家族はいいと言っても、対応した職員にとっては一生消えない心の傷になるんです」

との返答に、それ以上何も言えませんでした。

結局、家族が一緒なら普通食を食べさせていいということになりましたが、私が付き添える時間に薬が効くかどうかも分からないので、状態が悪くても比較的安全に飲み込めて、母の大好物でもあるカレーをよく作って持っていきました。

「おいしい、おいしい」とカレーをたいらげる母を見るのが、当時の私の喜びでした。

施設の転居を考えた出来事

母の食事について施設側と何度も何度も話し合いを重ね、一時期、普通食が許されたこともありましたが、やはり、薬が効かず食べられなかったり、誤嚥を起こしてしまったりで、流動食に逆戻り。

この老人ホームで普通食にすることは難しいのかなと思い始めた頃、施設の転居を考えるきっかけとなった出来事がありました。

ある日、母に会いにホームに出向くと、母が部屋の入り口で倒れていました。部屋を出ようとして車椅子から立ち上がろうとした時に転んだのか、足元には車椅子、体は敷居をまたぐ形で倒れ、顔を廊下の床につけた状態。床の上には母の口から出たよだれの溜まりができており、髪の毛まで濡れていました。今さっき倒れたという感じではありません。

薬が切れて声は出ずとも、私には母が心の中で「助けて！」と叫び続けているように見えました。慌てて体を起こし車椅子に座らせましたが、よだれにまみれて倒れていた母を思うと切なく、涙がこぼれました。

廊下にはみ出して倒れていたのだから、だれも気がつかないはずがない……。食事のお願い以外は介護に口を出すことのなかった私でしたが、この時ばかりは、ホームに状況説明を求めました。

すると、介護士の方から思わぬ言葉が返ってきました。

「倒れていたほうが安全なこともあるんです。以前勤めていた施設でも、あえて床に横にならせていました。介護の業界では、普通のことなんですよ」

私は介護に関しては素人です。

それでも、もし普段、目の前に人が倒れていたら、そのままにするでしょうか。よだれにまみれた状態を、放っておくでしょうか。介護はきれいごとではないと分かってはいても、私はどうしても共感できませんでした。

誤解のないように言うと、この介護士さんはいつも母に優しく接してくださっていましたし、私も信頼を置いていました。なので、全く悪気はなく、純粋にそういう考えでいらっしゃったのだと思います。

また、介護士の方が皆同じ考えではないでしょうし、被介護者の家族が皆私と同じ考えでもないでしょう。

介護の理想は、きっと人それぞれなのです。

母との帰省

私は1年に1度、母を連れて故郷・福井に帰省していました。

自分の都合で母を広島に呼び寄せた以上、福井にいる母の兄姉に定期的に会わせてあげることが使命だと思っていたからです。また、福井に帰ると、母の表情が良くなり、言葉もよく出るようになるという実感もありました。

とはいえ、帰省はプレッシャーでもありました。

車椅子での駅の移動、電車の乗り降りはスムーズにできるか。電車の中で体が動かなくなり、トイレに間に合わなかったらどうしよう。電車の中で急に歩きたい！　とか、降りたい！　と言いだしたら……など不安だらけです。

そのため、トイレや出口に近い席を確保するのはもちろん、利用する駅に、車椅子での移動であることを前もって伝えるなど、準備は念入りにしていました。

ＪＲの対応は手厚く、電車の中では車掌が「何かあったらいつでも声を掛けてください」と気遣ってくださり、乗り換えの駅では駅員が私たちの乗る車両の出口で待っていて、車椅子を下ろすのを手伝ってくださいました。人の親切のありがたさを身に染みて感じました。

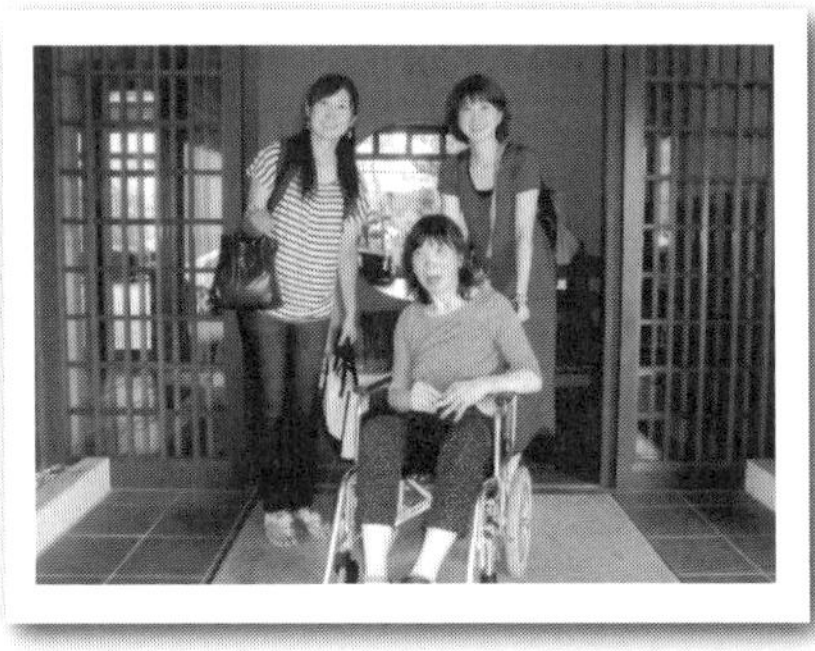

一度だけ、横浜にいる姉と日を合わせて帰省したことがあります。母を温泉に連れて行くためです。元気な頃、母は温泉が大好きでしたが、病気になってからは転倒する危険や周りの目を気にして諦めていました。久しぶりに大きなお風呂に入れてあげたいけれど、私一人の力では難しい。そこで、母娘3人で入れる大きな家族風呂がある、芦原温泉の宿に泊まることにしたのです。

しかし、いざお風呂に入ろうとすると、母は妄想の症状が強く出てしまい、「絶対に入りたくない！」と拒絶。仕方なく、部屋にある小さな風呂場で、姉と二人、シャワーで母の体を洗ってあげました。

介護は子育て同様、思い通りにいかないものですね。

ものすごく残念だったけれど、今となってはいい思い出です。

施設に預けるのも介護

もっと母に合う施設があるのかもしれない……。

そんな思いから、近隣の高齢者施設の見学を始めた頃、私に、介護についての講演をしてほしいという依頼がありました。依頼主は、母を自宅で介護していた時お世話になったケアマネージャーさん。介護のイベントで、経験談を話してほしいとのことでした。

それまで、身近な人にもほとんど話すことのなかった母の話。しかも、現在は施設に入居していて、自分が介護しているわけではありません。冷静に話せる自信もなく悩みましたが、恩返しがしたかったのと、自分の気持ちの整理にもなるかもしれないと思い、引き受けました。

そして、この講演が、母の新たな施設を見つけるきっかけになります。

このイベントには、多くの介護職関係の方が参加していました。私が「食事もレクリエーションも、危ないからやらないではなく、リスクを踏まえた上で、どうやったらできるかを考えてくれる施設を探している」と話すと、「まさに、そういう考えを持った方がグループホームを始める」と教えてくださいました。『グループホーム』とは、認知症の高齢者を対象にした少人数の施設で、老人ホームと比べて、個々の状況に合わせたケアが行われやすいと言われます。こうして人のご縁に導かれ、母は終の棲家を見つけたのでした。

ところで、この講演の際、ある介護士の方にかけていただいた忘れられない言葉があります。

私が「今は施設で母を見てもらっているので、介護をしているとは言えません。」と話すと、

「施設に預けるのも介護。お母さんのことを考えて、お母さんのために動いているのだから、あなたはちゃんと介護していますよ」

とおっしゃってくださいました。

この言葉に、どれほど救われたでしょう。

以来、私は、ようやく人前で「母が介護施設にお世話になっている」と言えるようになったのです。

ドタバタcolumn 07

馬場家の正月

馬場家の正月といえば、年越しカラオケ。

母の発案で、毎年、除夜の鐘をついた後は、家族でお寺からカラオケボックスに直行していました。

当時はカラオケが今ほどポピュラーではなく、しかも、大みそかの深夜に利用する客はかなり珍しかったと思います。


母はいつも「新年早々、真夜中に家族そろってカラオケに行くなんてうちぐらいやわ」と、ちょっと得意げに話していました。

そして、私も、そんな変わった我が家が好きでした。

第8章 グループホームでの介護

“合う”介護施設

2012年5月、母（当時64歳）は広島市内のグループホームに入居しました。2階建ての建物に18人の認知症のお年寄りが生活する（個室）、小規模な施設です。

「本人ができることは自分で行ってもらい、難しいことはできるよう援助する」

「本人の尊重が守られた生活、そして自分らしい人生が送れるようサポートする」

という介護方針は、まさに私が求めているものでした。

一番うれしかったのは、やはり食事。

前の老人ホームでは、食材の形が分からない介護食でしたが、このグループホームでは初日から普通の食事が提供されました。その代わり、誤嚥《ごえん》をしないよう、食べ始めるのは薬が効いて状態が良くなってから。他の入居者がすっかり食べ終わっていても、時間がかかっても、スタッフはせかしません。母は、何年かぶりに、自分で箸を持ち、ゆっくりでしたが普通食をたいらげました。

不自由ながらもおいしそうに食べる母を見て、私は思い切って住み替えて本当に良かったと思いました。

他にも、筋力など体の機能を保つため、施設の中ではほとんど車椅子を使わず、立ったり座ったりを丁寧にサポートしてくれました。

また、近所のコンビニエンスストアへの買い物や、公園への散歩など、外出での気分転換も図ってくださいました。調子のいい時に、料理や洗濯の手伝いをさせていただけるのも、脳の活性化や生きがいにつながっていたと思います。

老人ホームとグループホームにはそれぞれ、メリット・デメリットがあります。また、施設によって介護方針も違います。施設の転居は勇気のいることですが、時には見直す柔軟さも必要なのかもしれません。

お年寄りのその時の状態によって、"合う"介護施設は変わるのです。

グループホームからの手紙

母が４年間お世話になったグループホームは、毎月、母の状況を写真付きのお手紙で報告してくれました。

母が笑顔になったエピソードや、母と介護士さんの会話など、具体的に書いてくださり、読むのがいつも楽しみでした。

『先日、散歩をしていた際、公園のトイレを使用しようとしたところ、とても汚れており、急いでホームへ帰ったということがありました。すると、次の日「公園へトイレ掃除に行きます」と掃除道具を持って張り切って散歩へ出て行かれました。公園の広いトイレを隅々までほうきで掃いて、バケツで水を流し、馬場様の性格がとても表れていました』（平成25年４月）

『先日の敬老会では、娘様が帰られた後、皆様の前に立って「今日は素晴らしい日ですね！　皆さん、希望を持っていきましょう！」と踊りを披露されました。皆様から注目を浴びた時の馬場様の笑顔は本当に素敵で、これからもこのような場を作りたいと思いました』（平成25年9月）

『馬場様はいつも皆様より少し早く起きて、洗濯物たたみに、机を拭いたりとスタッフの仕事を手伝ってくださいます。先日はズボンの毛玉取りを手伝っていただき、機械の音に声をたてて笑われ、とてもきれいにしてくださいました』（平成26年2月）

『秋の味覚祭りの時には、天気の良い日差しのもと、駐車場にテーブルを用意し、炭火で焼いたサンマなどを皆さんと楽しくいただきました。笑顔が絶えず、焼きサンマのおかわりをされていました。感想をたずねると「バンザーイッ

!!」と両手を挙げて答えてくださいました』（平成26年10月）

今見返しても、介護士の皆さんの母への温かい眼差しに胸が熱くなります。私が娘として、母に十分なことをしてあげられていない分、ホームの方々がしてくださっていました。

感謝してもしきれません。

レクリエーションに挑戦

私は仕事の都合上、平日の午前中、会社に行く前にグループホームを訪れていました。

その時間は入居者がリビングに集まり、椅子に座っての風船バレーや、歌、体操、クイズなどレクリエーションが多く行われていました。毎回楽しく参加している方もいれば、眠ってしまっている方もいます。私の母も、この時間は調子がすぐれないことが多く、風船バレーでは私が母の横に座り、代わりに打つこともありました。

レクリエーションに立ち会う中で、私はもっとバラエティに富んだ内容になれば、お年寄りも飽きることなく、いっそう楽しめるのではないかと思うようになりました。

例えば、ギターが弾ける介護士さんがいれば弾き語りをするとか、ダンスが得意な介護士さんなら一緒に踊るなどしてはどうか……。

お年寄りはもちろん、介護士さん自身も自分の特技が活かせて楽しいはず！

そんなことを考えていると、ふと、「それなら私も、アナウンスを活かしたことができるかも！」とアイデアが浮かびました。

子ども向けの絵本の読み聞かせイベントのようなことを、お年寄りにもできないか？『テレビ派』の『脳トレ』みたいなクイズをやっても盛り上がりそう！

ホームへの恩返しになるかもしれないし、母もきっと喜んでくれるはず……。

私の心は決まりました。

早速、ホームに進言し、お年寄りが喜んでくれそうな、赤ちゃんの成長をテーマにした絵本を入手。脳トレクイズ用に、持ち運べるホワイトボードも用意して挑みました。

イベントは大成功！

皆さん、たくさん笑って、たくさん言葉を発してくれました。また、涙を流して喜んでくださった女性もいました。

なかでも好評だったのは、ニュースコーナー。入居者の中に、毎日熱心に新聞を読んでいる男性がいたことから思いついた企画で、今注目の人や場所に関するニュースを、クイズを交えながら生で伝えるというものです。

例えば、当時アメリカの大統領だったオバマさんの写真を見せて、『この人は誰でしょう？』というクイズを出題。

その後、オバマさんに関する短いニュースを、放送さながらの読み方で伝えました。ニュースを読むたびに「おぉ～！」と感嘆の声をいただき、私も気持ちが良かったです（笑）。

考えてみたら、母にとっても、私が読むニュースを傍で聞くのは初めてのこ

と。なんとなく、照れくさいような誇らしいような顔をしてくれていた気がします。
子どもの頃からアナウンサーになる夢を一番応援してくれた母の目の前で、ようやくアナウンサーらしいことができました。

認知症の不思議

認知症が進行し、母との会話が難しくなっていた頃、驚く出来事がありました。

グループホームの部屋で母と二人きりになった時、母が急に、表情豊かに、しっかりした声で話し始めたのです。

「ごめんの。お母さん、迷惑かけて。本当は足手まといになりたくないのに。

ごめんの、ごめん……」

そこにいたのは、間違いなく本来の母でした。

普段は声量がなく、滑舌もはっきりしない母が、久しぶりに発する明瞭な声。

私は、驚きとうれしさで涙が込み上げました。

「こっちこそごめん。広島に来てもらったのに、施設で一人にさせて。寂しい思いさせて」

そう口にすると、母は
「そんなことはなんとも思ってない。こっちこそやわ。何もしてあげられなくてごめんの」

と涙ながらに言いました。

「そんなことないよ。お母さんが施設でがんばってくれているから、私も仕事ができるんよ。ありがとう、お母さん。ありがとう」

私は、必死で思いを伝えました。

　不思議なことですが、年に1、2度、こんな風に認知症の母から、本当の母が顔を出す瞬間があったのです。私にとっては、まるでご褒美のようなひと時でした。
　こういうことがあると、その後も「今日の母は、またあの時の母かな」と期待をしてホームに会いに行くのですが、そこにいるのは、表情が乏しく、ほとんど言葉を発しない母。
　それでも、本当の母は必ずいる、またいつか会えるかもしれないと思ったら、私は元気が出てくるのでした。

介護士

約8年間、母は様々な介護施設で、たくさんの介護士の方にお世話になりました。

身の回りの世話からトイレの介助まで、夜勤もこなしながら優しく接してくださった皆さんには、心から感謝しています。

グループホームでは、食事を作るのも介護士の仕事です。料理経験の少ない若い男性介護士が、一生懸命メニューを考え作ってくださる姿には感動すら覚えました。

華やかな仕事や若者に人気の仕事もあるなか、なぜ介護の仕事を選んでくれたのか。私は、彼らによくそんな質問をしました。

ある女性は、最初は小学校の先生を目指していたそうです。授業の一環で介護施設を訪れ、お年寄りと会話をした時、先生と生徒の関係にはない魅力を感じたと言います。先生と生徒は『教える側』『教わる側』という上下関係があるが、介護は人対人。対等な付き合いがしたくて介護士を選んだと話していました。

また、亡くなった祖母に対して十分な介護ができなかった後悔から、この職を選んだという方もいました。

若い人たちの純粋な気持ちに胸を打たれました。

一方で、職を離れる介護士さんも多くいらっしゃいました。

心を許していた方が去っていかれる時は、母が動揺するのではないかという心配と、理解者が減ってしまうことへの不安が募りました。

尊い志を持って介護士になった若者たちが、この仕事を選んでよかったと思える介護現場であってほしい。

介護士の待遇に関するニュースを目にする度に思っています。

ドタバタcolumn 08

母の料理

母の料理で思い出すのが、鍋焼きうどん。

子供の頃、熱を出すと、体が温まるからと言って、必ず作ってくれました。

年季の入ったステンレス製の鍋に、鶏肉やネギ、卵が入ったオーソドックスなうどんですが、半熟の卵がおいしくて、病気の時の密かな楽しみでした。


お弁当のおかずで好きだったのは、牛肉と糸こんにゃくの炒め物。

すき焼きのような甘辛い味付けで、ご飯が進みました。

私も真似をして作ったことがありますが、何かが違う……。

もっと詳しく、作り方を聞いておけばよかったな～。


また、母はよく「おやつ替わり」と言って、私たちにセロリを食べさせました。

その食べ方がまた豪快！

セロリを切らずに筋だけ取って、くぼみにマヨネーズを敷いて、一本丸かじり。

これが「おやつ」って無理がありますよね（笑）。

でも、おかげでセロリが大好きです！

第9章 別れ

生死を決める選択

2016年8月28日。早朝、グループホームの方から私の携帯に電話がありました。

「落ち着いて聞いてください。つい先ほど、お母さまが救急車で病院に運ばれました。朝、スタッフが様子を見に部屋に行くと、寝ている馬場さんの顔色が悪く、息も浅く、呼び掛けても反応がありませんでした。救急隊員による応急処置で何とか一命はとりとめましたが、かなり危険な状態です」

その日は、24時間テレビの放送の日で、私はちょうど仕事に向かおうとしているところでした。すぐに会社に連絡し、放送は急遽、後輩に代わってもらうことに。

夫とともに病院へ直行すると、母は、ホームのスタッフに付き添われ、集中治療室のベッドで寝ていました。口には酸素マスクを当て、心臓の動きなどがモニターで監視されています。

「お母さん！」と呼び掛けても目を閉じたままで、反応はありません。

医師は言いました。

「心臓はかろうじて動いていますが、呼吸が弱く、今は機械で呼吸を助けている状態です。もってあと2、3時間でしょう」

この頃、ホームへ会いに行くと、リビングのソファに目をつぶって座っていることが多く、声もほとんど出なくなっていた母。それでも目立った体の不調はなく、この急変は全く予想していませんでした。

母は本当に死んでしまうのか……。

どこかまだ信じられないというのが正直な気持ちでした。しかし、医師は続けます。

「この後、人工呼吸器を装着するかどうか、できるだけ早くご家族に決めてもらわなければいけません」

それは、いわば、母の生死を決める選択。

それなのに、十分な時間がない……あまりにも酷な現実でした。

揺れる心

人工呼吸器は、いわゆる延命治療です。取り付ければ、ひとまず命はつながりますが、何年も意識が戻らないかもしれません。

私は、すぐに、横浜に住む姉に電話をかけました。しかし、家は留守で、携帯もつながりません。「なぜこんな時に……お願いだから出て！」と祈りながら何度もコールしましたが、どうしても連絡がつきません。

医師から「人工呼吸器はどうするか決めましたか？」と再び意思確認がありましたが、「もう少しだけ待ってください」とお願いして、タイムリミットぎりぎりまで電話をかけ続けました。

しかし、とうとう姉と話ができないまま、決断の時を迎えました。

親せきに意見を求めようか？　とも考えましたが、遠く離れた伯父や伯母に現状を分かってもらうこと自体、難しいと思いました。

もう、自分が決めるしかないんだ！

私は覚悟を決めました。

まず考えたのは、母だったらどうしたいか？　ということでした。

母はもちろん死にたくはないでしょう。ただ、たとえ命を取り留めても、これから何十年も動けず、話せず、食事も摂れず、ベッドの上で過ごすことになるかもしれません。

49歳でパーキンソン病を発症した母は、20年近くもの間、思うように動かない体を嘆き、苦しみ、耐えてきました。それなのに、もっと動かない体で、これから先何年もがんばれだなんて、とても言えない。かわいそうすぎる。

母はもう十分、病気と闘ったのではないか。

一方で、もし私の判断で母の命が断たれたと親せきが知ったら、どう思われるだろう。それでも生きていてほしかったと責められるのだろうか。さらには、家族の判断を尊重すると言ってくださっている医師も、心の中では非情な娘だと思うのかな、などと考えてしまうのでした。

決断

もし人工呼吸器を装着しなかったら、親戚に親不孝だと責められるのかな。医師にも、冷酷な娘だと思われるのではないか……。

親の命を前にしたこんな時にまで、悲しいかな、人は体裁を気にしてしまうのです。

皆さんは『アドバンスケアプランニング』という言葉をご存知でしょうか。自分で自分のことが決められなくなった時に備えて、どんな医療やケアを受けたいかなど、自分の考え方、価値観を身の回りの人に伝えておくことです。

母に足の切断や胃ろうの危機が訪れた時もそうでしたが、私は母が元気なうちに「もしもの時にどうしたいのか」を聞いていなかったために、重い選択が自分一人にのしかかり、悩み苦しむことになりました。普段から将来のことや自分の希望を、家族と話し合っておくことが必要なのです。

結局、私は、人工呼吸器をつけない判断をしました。

母を病気から解放してあげたかった、それが一番の理由でした。

母の口から酸素マスクが外され、自然に訪れる最期の時を待つ間、母と二人きりになった時間がありました。

私は、母に抱きついて泣きました。

母は目を開けなかったけれど、

「お母さん、長い間しんどかったね。私たちのために施設でがんばってくれたんよね。今まで本当にありがとう」

と声をかけました。

20年前、私は父の死に目に会えたものの、父が亡くなることがどこか信じられず、感謝の言葉を伝えることができませんでした。

あのまま会えなくなるなら、ちゃんと「ありがとう」が言いたかった……、
母には必ず伝えよう……と思っていました。
母は聞いてくれていたかな……。

２０１６年８月28日、午前８時55分。
母、馬場かをるは、急性心不全でこの世を去りました。
68歳でした。

最後は福井で

母の葬儀は、故郷・福井県で執り行いました。

私の都合で、遠い広島に連れて来てしまいましたが、母の心の中には常に福井があって、認知症になった後は、「福井に帰る」と言って何度も施設を抜け出しました。

「最後は、福井に帰らせてあげたい」

前々から、心のどこかで、そう決めていました。まさかこんなに早くその日が来るとは思いませんでしたが……。

葬儀の手配は姉がしてくれました。

横浜に住む姉と連絡がついたのは、私が人工呼吸器をつけない決断をした後でした。姉は突然の知らせにショックを受け、電話に出られなかったことを酷く悔やみましたが、私が決めたことをすべて受け入れてくれました。

遺体は専門業者にお願いし、広島から福井まで車で搬送していただきました。仕事とはいえ、長距離を無事に運んでくださったスタッフの方に、深く感謝しました。

母は、愛する故郷で、大好きな兄姉たちや親せき、家族に見守られながら旅立ちました。

陰りのない気持ち

母が亡くなった後、一番つらかったのは姉だったのではないかと、私は思っています。

母がパーキンソン病になった時、私と姉は、二人で協力して介護をしていこうと話しました。母には姉のいる横浜と私のいる広島を行ったり来たりしてもらって、介護を分担するつもりでした。姉は母をいつでも横浜に呼べるように、部屋が一つ多い家に住み替えもしていましたが、母は広島で人間関係を築き、広島に住み続けることを選びました。

結果的に、姉は、何もしてあげられなかったと落ち込み、私に対しても任せっきりになってしまったと、後ろめたさを感じているようでした。

私は、姉に自分を責めないでほしいと願っています。

母を広島に呼んで12年。たくさん悩んで、たくさん奔走しましたが、私にはそれができる環境がありました。受け入れてくださる介護施設があり、病院があり、母の友人の協力があり、夫や上司の理解もありました。

私が母のことだけで手一杯の時は、義父母が子どもをみてくれました。周囲に支えられ、母との時間を過ごすことができた私は、とても恵まれていたのです。

20年前、父が他界した時、私は何もしてあげられなかった後悔を、何年も引きずりました。一方で、母が亡くなった後は、不思議なくらい陰りのない気持ちでした。私なりに必死に向き合ってきたからでしょうか。

もっと優しくしてあげればよかったという反省はあるけれど、母に対して私がしてきたことは、その時その時の精一杯だったと思っています。

介護から学んだこと

私は、母の病気を通して、たくさんのことを学びました。

介護保険や介護施設のこと、認知症の様々な症状、精神科病棟の日常、褥瘡《じょくそう》(床ずれ)の怖さ、介護はきれいごとではないということ、そして、延命治療の選択の難しさまで……。

母は、自らが病気で苦しむことと引き換えに、最後の最後まで、私に身を持って教えてくれたのです。


さらに、もう一つ。

母の通っていた病院には、病気の子どもたちも多く訪れていました。

その姿を目にするうち、もし自分が押す車椅子に、母ではなくわが子が乗っていたらもっと辛いはず……そう感じるようになりました。

それは、母の介護に悩み、自分が一番不幸であるかのように落ち込んでいた私にとって大きな気づきでした。世の中には、もっともっと苦しんでいる人がいて、どんなに幸せそうな家族でも、それぞれに悩みを抱えているのでしょう。

母はもしかしたら、私や子どもたちの代わりに、我が家の試練を引き受けてくれていたのかもしれません。


自宅介護と施設介護、合わせて12年の〝ドタバタかいご〟は、無知で世間知らずだった私に、こんなにもたくさんのことを気づかせてくれました。


お母さん、本当にありがとう。

あなたの娘でよかったです！

ドタバタcolumn 09

生まれた時から反抗期

私は、両親に「あなたは、生まれた時からずっと反抗期」と言われていました。

お恥ずかしい話ですが、親の言うことにいつも「嫌っ！」と反抗するような子供だったのです。

素直じゃないというか、あまのじゃくというか……。

自分が親になり、わが子にはあんな子供にはなってほしくないと願うばかりです（汗）。


１０歳頃のことだったでしょうか。

あまりに言うことを聞かないので、母が運転中の車から私を降ろし、立ち去るふりをしたことがありました。

すると、私が全速力で走って車を追いかけて来たそうで、バックミラーに映る必死な顔が可笑しかったと、よく思い出話をしていました。


そんな手のかかる子供だった私が、母の介護をすることになるとは……。

母も意外だったのではないでしょうか。

でも、私はいつの頃からか､「必然だった」と思うようになりました。

きっと、迷惑をかけた分、罪滅ぼしならぬ恩返しができる時間を、神様が与えてくれたのです。

『ドタバタかいご備忘録』を読んでくださり
ありがとうございました!!

『ドタバタかいご備忘録』を最後まで読んでくださり、ありがとうございました。

ブログ上で、しかも育児日記の中で書くには、ちょっと重い内容でしたね……(汗)。

母が亡くなって丸3年の命日までに書き終えたいとラストスパートをかけ、2年半越しで、ようやく書き終えました。

いろいろありすぎて、書ききれるのか、そもそも覚えているのか不安でしたが、自分でも驚くほど当時の光景や感情がありありとよみがえりました。これでやっと、母との予期せぬ別れを受け入れ、気持ちの整理がついたような気がします。

実は、この備忘録を書く原動力の一つに、ある手紙の存在がありました。

それは、かつてデイサービスの送迎をしてくださった女性が、母が亡くなった後に送ってくださったもので、母が当時、自宅のリビングからの眺めを「ここから見る夕日は素敵でしょ？　私、大好きなのよ」と話していたというエピソードが書かれていました。

母が、慣れない広島暮らしの中で、少しでも喜びを見つけてくれていたことを知り、救われる思いがしました。

そして、備忘録を始めようとしていた私に、「ぜひ書いてください。絶対に書いてくださいね」と、応援してくださいました。

以来、挫折しそうになると、いつもこの言葉を思い出し、自分を鼓舞してきました。

さらに、備忘録に頂いた、皆さんからのメッセージや、「読んでますよ」という声にも、どれだけ励まされたか分かりません。

あらためてお礼を申し上げます。

母から教えてもらったことを無駄にせず、これからもお仕事がんばります！

おわりに

書籍版『ドタバタかいご備忘録』を読んでくださり、ありがとうございました。

ふり返ると、本当に色々なことがありましたね……。

激動の日々を経験し、もう、ちょっとやそっとのことでは動じないぞと思いましたが、今も、仕事のこと、子どものことなど、小さなことで悩んだりクヨクヨしたりの毎日です。

人間って弱いものですね（汗）。


書籍化にあたり、母の写真などを見返すと、これまでお世話になった方々の顔が思い浮かびました。

自宅での介護が追い付かず悩んだ私を支えてくださった、ケアマネージャーや、ホームヘルパーさん。パーキンソン病友の会で知り合った皆さん。担当の医師や看護師、母に寄り添ってくださった様々な施設の介護士の方々……。母を通して本当にたくさんの方々と出会い、なにもかもに無知だった私はどれほど助けられたことでしょう。

この場を借りてお礼を申し上げます。

最後に、今、介護をしている方に……。

弱音を吐ける相手を見つけてください。

私も当時、介護の相談をしていた友人が一人だけいました。

その友人は、こうすべき、ああすべきなどは一切言わず、いつも「うん、うん」と受け止めてくれました。

その日にあったことをただ聞いてもらうだけでしたが、随分と救われました。

日記に本音を綴るだけでも、心が軽くなるかもしれませんよ。

2020年3月吉日

馬場のぶえ

〝ドタバタ〟かいご備忘録

著者
馬場のぶえ（ばば・のぶえ）

広島テレビアナウンサー
夕方ワイド番組「テレビ派」キャスター

昭和50年2月27日生まれ
福井県坂井市丸岡町出身
福井県立藤島高校、日本大学芸術学部放送学科卒業
1997年　広島テレビ入社

入社1年目の冬、「柏村武昭のテレビ宣言」でアシスタントに抜擢され、後継番組「テレビ宣言にゅ〜」よりキャスターとなる。その後3度の産休育休をはさみながら「テレビ宣言」「旬感★テレビ派ッ！」、現在の「テレビ派」とキャスターを務め、20年以上〝広島の夕方の顔〟として活躍。2男1女の母。モットーは「力まず　きどらず　自然体」。

発行　初版　2020年3月14日
　　　第二刷　2020年4月20日
著者　馬場のぶえ
イラスト　KOHARU
発行者　田中朋博
発行所　株式会社ザメディアジョン
〒733-0011
広島県広島市西区横川町2-5-15
電話082-503-5035
http://www.mediasion.co.jp
編集　石川淑直
装丁・デザイン　村田洋子
校正・校閲　大田光悦、菊澤昇吾
進行管理　西村公一
販売　細谷芳弘・檜垣知里
DTP　がっぱや
印刷・製本　株式会社シナノパブリッシングプレス

Printed in Japan
ISBN978-4-86250-664-1